홍길동전

세계문학전집

200

홍길동전

허 균

김탁환 풀어 옮김 · 백범영 그림

민음사

 차례

일러두기

1. 이 책의 제1부는 완판본 36장본을, 제2부는 경판본 24장본을 대본으로 하며,
   부록으로 완판 36장본의 국립중앙도서관 소장 영인본을 실었다.
2. 독자들이 소설 내용을 더 잘 이해하도록 원본에는 없는 소제목을 붙였다.
3. 지명이나 관직명에 대해서는 구체적인 주석을 넣지 않았다. 단 고사가 있는
   지명이나 인명의 경우는 주석을 넣어 문맥 파악에 도움이 되도록 하였다.
4. 한자어를 현대 어휘로 옮길 때는 그 의미를 훼손하지 않고 전체 문맥을
   고려하였다.
5. 한시나 포고문 등은 행을 바꾸어 인용 처리하였다.

홍길동전

완판 36장본

1. 길동의 탄생

　조선국 세종대왕께서 즉위하신 지 십오 년 되는 해, 홍화문(弘化門)[1] 밖에 한 재상이 있었다. 성은 홍이요 이름은 문이니, 사람됨이 청렴강직(淸廉剛直)하여 덕망이 높은 당대의 영웅이었다. 일찍 벼슬길에 올라 직위가 한림(翰林)[2]에 이르러 그 명망이 조정에서 으뜸이었다. 임금께서 그 덕망을 높이 여기셔서 벼슬을 올려 이조판서와 좌의정에 봉하셨다. 이에 승상이 감동하여 충성을 다하여 나라의 은혜를 갚으니, 사방에 일이 없고 도적이 없으며 연이어 풍년이 들고 나라가 태평하였다.

---

1) 창경궁의 정문.
2) 조선 시대 벼슬인 예문관 검열의 별칭.

하루는 승상이 난간에 기대어 잠깐 졸았다. 서늘한 바람이 길을 인도하여 한 곳에 다다르니, 푸른 산은 높이 솟고 파란 물은 넘칠 듯 가득 차고, 가는 버들 천만 가지에 녹음이 춤추듯 나부끼고 황금 같은 꾀꼬리는 봄의 흥취를 희롱하여 버드나무 사이를 오락가락하였다. 아름다운 꽃과 풀이 곳곳에 만발한데, 푸른 학과 흰 학, 물총새와 공작새가 봄빛을 자랑하거늘, 승상이 경치를 구경하다 점점 깊이 들어가게 되었다. 높디높은 절벽은 하늘에 닿았고, 구비구비 계곡물은 골골이 폭포 되어 오색구름이 어리었는데, 길이 끊어져 승상이 갈 곳을 몰랐다. 문득 청룡이 물결을 헤치고 머리를 들어 고함을 질러 산골짜기가 무너지는 듯하더니, 그 용이 입을 벌리고 기운을 토하여 승상의 입으로 들어왔다.

잠에서 깨어 깨달으니 평생에 한 번 올 대몽이었다. 마음속으로 '반드시 군자를 낳으리라.'고 생각하여, 즉시 내당에 들어가 몸종을 물리치고 부인을 이끌어 취침코자 하였다. 부인이 정색하고 말하였다.

"승상은 한 나라의 재상입니다. 그 체면과 위상이 높으시거늘 한낮에 정실에 들어와 저를 노류장화(路柳墻花) 대하듯 하시니 재상의 체면이 어디에 있습니까?"

승상이 생각해도 부인의 말이 당연하지만, 그 좋은 꿈을 헛되이 할까 두려워 꿈 이야기는 입 밖에 꺼내지도 못하고 연이어 간청하였다. 그러나 부인이 옷을 떨치고 밖으로 나가 버렸다. 승상이 무안하면서도 부인의 도도한 고집이 안타까워 수없이 한탄하며 외당으로 나오니, 마침 몸종 춘섬이 상을 올렸다. 주위가 고요하고 그윽한 틈을 타 춘섬을 이끌고 원앙지락(鴛鴦之樂)[3]을 이루니, 적잖이 화는 풀렸으나 못내 마음에 걸려하였다.

춘섬이 비록 태생은 천하나 재주와 덕행이 순박하고 곧은지라, 뜻밖에 승상의 위엄으로 가까이 두시니 감히 어기지 못하고 순종한 후로는 그날부터 중문 밖에 나가지 아니하고 행실을 닦으며 지냈다. 과연 그달부터 태기가 있어 열 달을 채우자, 거처하는 방에 오색구름이 영롱하며 향기가 기이한데, 진통 끝에 아기를 낳으니 용모 뛰어난 사내아이였다. 삼 일 후에 승상이 들어와 보고 한편 기뻐하였으나 천한 몸에서 나게 된 것을 아까워하였다. 아이 이름을 길동이라 하였다.

이 아이가 점점 자라니 재주가 비상하여 한 말을 들으면 열 말을 알고, 한 번 보면 모르는 것이 없었다.

하루는 승상이 길동을 데리고 내당에 들어가 부인을 마주하며 탄식하여 말했다.

"이 아이 비록 영웅의 자질을 가졌으나 천생(賤生)이라 무엇에 쓰리요. 원통하도다, 부인의 고집이여, 후회막급(後悔莫及)이로소이다."

부인이 그 까닭을 물으니, 승상이 두 눈썹을 찡그리며 말했다.

"부인이 전날 내 말을 들었으면 이 아이가 부인 몸에서 태

---

3) 남녀가 함께 하는 잠자리의 즐거움.

어났을 것이니, 어찌 천생이 되었겠소?"

이제야 꿈꾼 이야기를 들려주니, 부인이 실망하고 슬퍼하며 말하였다.

"이것 또한 하늘이 정한 운수이니 사람의 힘으로 어찌 하오 리까."

2. 아버지를 아버지라고 부르지 못하다

　세월이 물과 같이 흘러 길동의 나이 여덟 살이 되었다. 위아래를 막론하고 칭찬하지 않는 사람이 없고 대감도 사랑하나, 길동은 아버지를 아버지라 못하고 형을 형이라 부르지 못하니 자신이 천하게 난 것을 스스로 가슴 깊이 한탄하였다.

　칠월 보름날 밝은 달을 바라보며 뜰 안을 배회하는데, 가을바람은 쌀쌀하고 기러기 우는 소리는 사람의 외로운 심사를 도왔다. 홀로 탄식하여 말했다.

　"대장부가 세상에 나매 공맹(孔孟)의 도학(道學)을 배워, 나가서는 장수가 되고 들어와서는 재상이 되는 것이 도리가 아니겠는가? 대장의 도장을 허리에 차고 대장의 단상에 높이 앉아 천병만마(千兵萬馬)를 지휘하여, 남으로는 초나라를 치고 북으로는 중원을 평정하며 서로는 촉나라를 쳐 업적을 이룬 후에, 얼굴을 기린각(麒麟閣)[4]에 빛내고, 이름을 후세에 전함이 대장부의 떳떳한 일이다. 옛사람이 이르기를 '왕후장상(王侯將相)의 씨가 따로 없다.'고 하였는데 나를 두고 하는 말인가? 세상 사람이 가난하고 천한 자라도 부형(父兄)을 부형이라 하는데, 나만 홀로 그러지 못하니 내 인생이 어찌 이러할까."

길동이 억울하고 답답한 마음을 걷잡지 못해 칼을 잡고 달 아래 춤을 추며 장한 기운을 감추지 못했다.

이때 승상이 밝은 달을 사랑하여 창을 열고 기대어 앉았다가 길동의 거동을 보고 놀라 물었다.

"밤이 이미 깊었거늘 너는 무엇이 즐거워 이러고 있느냐?"

길동이 칼을 던지고 엎드려 대답했다.

"소인이 대감의 정기를 타 당당한 남자로 태어났으니 이만큼 즐거운 일도 없을 것입니다. 다만 평생 서러운 것은 아비를 아비라 부르지 못하고, 형을 형이라 못하는 것이니, 위아래 종들이 다 저를 천하게 보고, 친척과 오랜 친구마저도 저를 손가락질하며 아무개의 천생이라 이릅니다. 이런 원통한 일이 또 어디에 있겠습니까?"

이어서 대성통곡하였다. 대감이 속으로 가엾게 여기나 만일 그 마음을 위로하면 조금이라도 방자해질까 염려하여 꾸짖어 말했다.

"재상가의 천한 몸종 소생이 비단 너뿐이 아닐 것인데, 그런

---

4) 중국 한나라의 누각. 공신 열한 명의 초상을 걸었다고 함.

방자한 마음을 먹지 말아라. 앞으로 또 그런 말을 함부로 한다면 너를 다시는 보지 않겠다."

길동은 다만 눈물만 흘리며 엎드려 있을 뿐이었다. 대감이 물러가라 하거늘, 길동이 돌아와 어미를 붙들고 통곡하며 말했다.

"어머니는 소자와 전생에 연분이 있어 이 세상에서 모자가 되었으니, 낳아 길러 주신 은혜가 하늘과 같이 크고 넓습니다. 남아(男兒)가 세상에 나서 입신양명(立身揚名)하여 위로 제사를 받들고, 부모의 길러 주신 은혜를 만분의 하나라도 갚아야 할 것인데, 이 몸은 팔자가 사납고 복이 없어 천생이 되어 남의 천대를 받으니, 대장부가 어찌 구차하게 근본을 지켜 후회를 하겠습니까? 이 몸은 당당히 조선국 병조판서 도장을 차고 상장군이 되지 못할 바에는 차라리 산중에 들어가 세상 영욕(榮辱)을 잊고 살려 합니다. 엎드려 바라건대 어머니는 자식의 사정을 살펴서 아주 버린 듯이 잊고 계시면, 뒷날 소자 돌아와 은혜를 갚을 날이 있을 것이니 그렇게만 짐작하고 계십시오."

말을 마치는데 기상이 도도하여 도리어 슬픈 기색 하나 없거늘, 그 어미 길동의 거동을 보고 타이르며 말했다.

"재상가의 천생이 너뿐이 아니다. 무슨 말을 들었는지 모르겠지만 어미의 간장을 이다지도 상하게 하느냐? 어미의 낯을 보아 그냥 그대로 있으면 앞으로 대감께서 알아서 조처해 주시는 분부가 있을 것이니라."

길동이 대답하였다.

"부형의 천대는 고사하더라도, 종들이며 어린아이들에게서 들리는 말이 골수에 박히는 일이 허다합니다. 게다가 요즈음 곡산 어미가 하는 짓을 보니, 자기보다 나은 사람을 싫어하여 아무 잘못 없는 우리 모자를 원수같이 보고 살해할 뜻을 품고 있으니 머지 않아 눈 앞에 큰 재앙이 닥칠 것입니다. 하오나 소자 나간 후에라도 어머니께 후환이 미치지 않게 하겠습니다."

그 어미가 말했다.

"네 말이 제법 그럴듯하나, 곡산 어미는 어질고 후덕한 사람인데 어찌 그런 일이 있겠느냐?"

길동이 말했다.

"세상일은 헤아리기 어렵습니다. 소자의 말을 헛되이 생각지 마시고 장래를 보십시오."

3. 자객을 죽이고 집을 떠나다

원래 곡산 어미는 곡산 기생으로 대감의 애첩이 되었는데, 성격이 방자하고 오만하였다. 설령 종이라도 마음에 맞지 아니한 일이 있으면 거짓말로 헐뜯어 사생결단을 내니, 사람이 못되면 기뻐하고 잘되면 시기하였다. 대감이 용꿈을 꾸고 길동을 얻은 사실을 사람마다 칭찬하고 대감 또한 길동을 사랑하시니, 이후로 대감의 총애를 빼앗길까 걱정하였다. 또한 대감이 이따금 농담 삼아 "너도 길동 같은 자식을 낳아 나의 노년 재미를 도우라." 하거늘, 몹시 무안해하는 중에 길동의 이름이 날로 자자해지자 이를 더욱 시기하였다. 초낭[5]이 길동 모자를 눈의 가시같이 미워하다가 해치려는 마음이 급하여 흉계를 짜

---

5) 곡산 어미의 이름. 경판 24장본에서는 '초란'임.

게 되었는데, 재물을 주고 요사스러운 무녀 등을 불러 모아 매일같이 오가며 모의하였다. 한 무녀가 말하였다.

"동대문 밖에 관상을 보는 계집이 있는데, 사람의 상을 한 번 보면 평생의 길흉화복(吉凶禍福)을 판단합니다. 이제 그를 청하여 약속을 정하고 대감께 추천하여 집안의 전후사를 본 듯이 말씀드리게 한 후, 이어 길동의 상을 보고 여차여차 아뢰어 대감의 마음을 놀라게 하면 낭자의 소원을 이룰까 합니다."

초낭이 크게 기뻐하여 즉시 관상녀를 불러들여 재물을 안기며 대감댁 일을 낱낱이 가르치고 길동을 제거하기로 약속을 정한 후에, 날을 기약하고 돌려보냈다.

하루는 대감이 내당에 들어가 길동을 부른 후에 부인을 보고 말했다.

"이 아이 비록 영웅의 기상이 있으나 어디다 쓰리오?"

농담하며 웃고 있는데, 문득 한 여자가 밖에서 들어오더니 대청 아래서 인사를 올렸다. 대감이 이상하게 여겨 그 까닭을 물으니 그 여자가 엎드리며 말했다.

"소녀는 동대문 밖에 사는데, 어려서 한 도인을 만나 사람의 관상 보는 법을 배웠습니다. 이후로 도성 안의 수많은 집들을 두루 돌아다니며 관상을 보다가, 대감댁에 만복이 있다는 소리를 듣고 천한 재주를 시험해 보고자 왔습니다."

대감이 어찌 요사스러운 무녀와 문답을 주고 받겠는가마는 길동을 희롱하던 끝이라 웃으며 말했다.

"네 어쨌든 가까이 올라와 내 평생에 대해 정확하게 이야기해 보라."

　관상녀가 몸을 굽히고 대청에 올라 먼저 대감의 상을 살핀 후에 이미 지난 일들을 역력히 아뢰고 앞일도 보는 듯이 이야기하니, 털끝만치도 대감의 마음에 어긋나는 것이 없었다. 대감이 크게 칭찬하고 이어 집안사람의 상을 의논하는데, 낱낱이 본 듯이 말하여 한마디도 허망한 곳이 없었다. 대감과 부인과 좌중의 사람들이 크게 혹하여 신이 내린 재주라 일컬었다. 끝으로 길동의 상을 논하는데, 크게 칭찬하며 말하였다.

　"소녀가 여러 고을을 두루 돌아다니며 수많은 사람을 보았지만 공자의 상 같은 경우는 처음입니다. 잘 모르긴 해도 부인께서 몸소 낳은 자식은 아닌 듯합니다."

대감이 속이지 못하고 말했다.

"그것은 네 말이 맞다. 사람마다 길흉(吉凶)과 영욕(榮辱)이 각각 때가 있는데 이 아이의 상을 각별히 논해 보거라."

관상녀가 길동을 그윽하게 보다가 거짓으로 놀라는 체하거늘, 대감이 이상하게 여겨 그 까닭을 물어도 입을 다물고 말이 없었다. 대감이 말하였다.

"길흉을 털끝만치도 숨기지 말고 보이는 대로 말하여 나의 의혹을 없게 하라."

관상녀가 대답했다.

"이 말씀을 바로 드리면 대감께서 놀라실까 걱정입니다."

대감이 말했다.

"옛날 곽분양(郭汾陽)[6] 같은 사람도 길한 때가 있고 흉한 때가 있었으니 무슨 여러 말이 필요한가? 관상법에 보이는 대로 숨기지 말고 말하라."

관상녀가 마지못하여 길동을 내보낸 후에 조용히 아뢰었다.

"공자에게 장차 일어날 일은 여러 말씀 그만두고 성공하면 군왕이 될 것이요, 실패하면 감히 헤아리지 못할 재앙이 있을 것입니다."

대감이 크게 놀라서 아무 말을 못하다가 이윽고 진정이 된 후에 관상녀에게 후하게 상을 내려 주고 말했다.

"이 같은 말을 삼가 입 밖에 내지 말라."

---

6) 중국 당나라 숙종 때의 충신 곽자의. 부귀와 공명 등 오복을 다 갖춰 팔자가 좋은 사람의 예로 쓰임.

엄히 분부하고 말했다.

"길동이 늙도록 바깥출입을 못하게 하리라."

관상녀가 대답하여 말했다.

"왕후장상의 씨가 어찌 따로 있겠습니까?"

대감이 누누이 당부하니, 관상녀가 손을 모으고 명령을 따를 것을 약속하고는 나갔다.

대감이 이 말을 들은 후 마음으로 크게 근심하여 한 가지 생각에만 골몰하였다.

'이놈이 본래 평범한 놈이 아니니, 또 천생(賤生)임을 한탄하여 만일 분에 넘치는 마음을 먹으면, 대대로 나라에 충성하고 은혜에 보답하였던 일이 쓸 데 없어지고 큰 화(禍)가 우리 가문에 미칠 것이로다. 미리 저를 없애어 가문에 닥칠 화를 덜고자 하나 차마 인정에 못할 일이로구나.'

생각이 이렇다 보니 좋게 넘어갈 도리가 없었다. 마음에 병이 들어 먹어도 맛이 없고 잠을 자도 편안하지가 않았다. 초낭이 눈치를 살피다가 틈을 타서 여쭈었다.

"관상녀의 말대로 길동이 왕의 기운을 타고 나서 만약 분에 넘치는 짓을 저지르게 되면, 가문에 닥칠 화를 감히 헤아릴 수 없을 것입니다. 저의 어리석은 소견으로는 조금 꺼려지더라도 큰일을 생각하여 길동을 미리 없애는 것이 좋지 않을까 하나이다."

대감이 크게 꾸짖어 말했다.

"이런 말은 경솔히 할 바가 아닌데, 네 어찌 입을 조심하지 못하느냐? 도무지 내 집 가문의 운명은 절대 네 알 바가 아니다."

초낭이 황공하여 다시는 말을 못하고, 내당에 들어가 부인
과 대감의 장자에게 여쭈었다.

"대감이 관상녀의 말씀을 들으신 후로 아무리 생각해도 어
찌할 도리가 없어 제대로 드시지도 못하고 주무시지도 못하더
니 마음에 병환이 나셨습니다. 소인이 일전에 이러이러한 말
씀을 아뢰었더니 꾸중을 하시는 바람에 다시 여쭙지 못하였
습니다. 소인이 대감의 마음을 이리저리 살펴보니 대감께서도
길동을 미리 없애고자 하시나 차마 실행에 옮기시질 못하는
것 같습니다. 제 미련한 소견으로는 길동을 먼저 없앤 후에 대
감께 아뢰면 이미 저질러진 일이라 대감께서도 어찌할 수 없
으므로 근심을 아주 잊을까 합니다."

부인이 눈살을 찌푸리며 말했다.

"일은 그러하겠지만 인정과 도리에 어긋나니 차마 할 바가
아니다."

초낭이 다시 여쭈었다.

"이 일은 여러 가지로 관계가 있으니, 첫째는 국가를 위함이
요, 둘째는 대감의 환후를 위함이요, 셋째는 홍 씨 가문을 위
함입니다. 여타의 작은 사정으로 우유부단(優柔不斷)하여 여
러 가지 큰일을 생각지 아니하시다가, 장차 후회막급할 일이
생기면 어찌합니까?"

온갖 방법으로 부인과 대감의 장자를 달래니, 마지 못하여
허락하였다. 초낭이 속으로 희희낙락하며 나와 특자⁷⁾라는 자
객을 청하여 자초지종 이야기를 다 전하고는, 은화(銀貨)를 듬

뽁 주고 오늘 밤에 길동을 해치기로 약속을 정하였다. 다시 내당에 들어가 부인 앞에 그 사실을 여쭈니, 부인이 듣고 발을 구르며 못내 애닲고 아깝게 여겼다.

이때 길동의 나이가 열한 살이었다. 기골이 장대하고, 용맹이 뛰어나며, 시서백가어(詩書百家語)8)를 공부하여 모르는 것이 없었다. 그러나 대감이 바깥출입을 막은 이후로 홀로 별당에 거처하며 손오(孫吳)의 병서(兵書)9)를 읽고 그 이치에 통달하여 귀신도 감히 헤아리지 못하는 술법이며, 천지조화를 품어 풍운(風雲)을 마음대로 부리며, 육정육갑(六丁六甲)10)의 신장을 부려 신출귀몰하는 술법에 통달하니 세상에 두려운 것이 없었다.

이날 밤 삼경(三更)11) 무렵 길동이 막 책상을 치우고 잠자리에 들려는데, 문득 창 밖에서 까마귀가 세 번 울고 서쪽으로 날아갔다. 길동이 놀라며 의혹을 풀이했다.

"까마귀가 세 번 '객자와 객자와'12) 하고 서쪽으로 날아가니 분명 자객이 올 조짐이다. 어떤 사람이 나를 해치려고 하는가? 아무튼 몸을 보호할 대책을 세워야겠구나."

방 안에 여덟 가지 진(陣)을 치고 각각 방위를 바꾸었다. 남

---

7) 경판 24장본에서 자객의 이름은 '특재'임.
8) 시경과 서경 등 유교에서 말하는 온갖 종류의 서적, 모든 학문.
9) 중국의 병법가인 손자(孫子)와 오자(吳子)의 병법서.
10) 둔갑술을 할 때 부르는 신장(神將).
11) 밤 11~1시.
12) 까마귀 울음소리.

방의 이허중(離虛中)[13]은 북방의 감중련(坎中連)[14]에 옮기고, 동방 진하련(震下連)[15]은 서방 태상절(兌上絶)[16]에 옮기고, 건방[17]의 건삼련(乾三連)[18]은 손방[19] 손하절(巽下絶)[20]에 옮기고, 곤방[21]의 곤삼절(坤三絶)[22]은 간방[23] 간상련(艮上連)[24]에 옮긴 후, 그 가운데 풍운(風雲)을 넣어 조화무궁(造化無窮)하게 벌여 놓고 때를 기다렸다.

이때 특자는 비수를 들고 길동이 거처하는 별당에 가서 몸을 숨기고 길동이 잠들기를 기다리고 있는데, 난데없이 까마귀가 창 밖에 와서 울고 가기에 속으로 크게 의심하여 말했다.

"이 짐승이 무엇을 알기에 천기(天機)를 누설하는가? 길동은 실로 평범한 사람이 아니구나. 반드시 뒷날 크게 쓰이리라."

그냥 돌아가려고 하다가 돈에 대한 욕심이 생겨 제 몸 생각을 못하였다. 차츰 시간이 흐른 후에 특자가 몸을 날려 방 안

---

13) 팔괘 중 이괘(離卦)의 형상.
14) 팔괘 중 감괘(坎卦)의 형상.
15) 팔괘 중 진괘(震卦)의 형상.
16) 팔괘 중 태괘(兌卦)의 형상.
17) 서북간에 위치함.
18) 팔괘 중 건괘(乾卦)의 형상.
19) 동남간에 위치함.
20) 팔괘 중 손괘(巽卦)의 형상.
21) 서남간에 위치함.
22) 팔괘 중 곤괘(坤卦)의 형상.
23) 동북간에 위치함.
24) 팔괘 중 간괘(艮卦)의 형상.

으로 들어가니 길동은 간 데 없고, 한 줄기 거센 바람이 일어나더니 천둥과 벼락이 천지를 뒤흔들고 구름과 안개가 자욱하여 방향을 구별할 수가 없었다. 좌우를 살펴보니 산봉우리와 골짜기가 첩첩이 에워싸고, 큰 바다에서 물이 흘러넘쳐 정신을 차릴 수가 없었다. 특자가 속으로 생각하였다.

'내가 아까 분명 방 안으로 들어왔는데 산은 웬 산이며 물은 웬 물인가?'

특자가 갈 곳을 몰라하였다. 문득 옥피리 소리가 들려와서 살펴 보니, 푸른 옷을 입은 한 소년이 백학(白鶴)을 타고 공중을 날아다니며 불러 말했다.

"너는 어떠한 사람인데 이 깊은 밤에 비수를 들고 누구를 해치고자 하느냐?"

특자가 대답하였다.

"네가 분명 길동이로구나. 나는 네 부형(父兄)의 명령을 받아 너를 죽이러 왔다."

특자가 비수를 들어 던졌다. 갑자기 길동이 사라지고 음산한 바람이 크게 불면서 벼락이 땅을 흔들고 하늘에는 살기(殺氣)만 가득 찼다. 속으로 크게 겁이 나서 칼을 찾으며 말했다.

"내가 남의 재물을 욕심내다가 죽을 지경에 빠졌으니 누굴 원망하고 누굴 탓하겠는가."

특자가 길게 탄식하는데, 이윽고 길동이 칼을 들고 공중에서 외쳐 말했다.

"하찮은 사내는 들으라. 네가 재물을 탐하여 죄 없는 사람을 살해하고자 했으니 지금 너를 살려 주면 뒷날 죄 없는 사람이 수없이 상하리라. 어찌 살려 보내겠는가?"

특자가 애걸하며 말했다.

"사실 이것은 소인의 죄가 아니라 공자댁 초낭자가 꾸민 짓입니다. 바라건대 가련한 목숨을 살려 주셔서 앞으로 잘못을 고치게 해 주십시오."

길동이 더욱 분을 이기지 못하여 말했다.

"너의 악행이 하늘에 사무쳐 오늘날 내 손을 빌려 악한 무리를 없애게 하는 것이다."

말을 끝내고 나서 특자의 목을 쳐 버리고, 신장을 호령하여 동대문 밖의 관상녀를 잡아다가 죄를 하나하나 들추어 내며 말했다.

"너 요망한 년이 재상가에 출입하며 사람의 목숨을 해치니 네 죄를 네가 아느냐?."

관상녀가 제 집에서 자다가 바람과 구름에 휩싸여 끝없이 어디로 가는 줄도 모르다가, 문득 길동이 꾸짖는 소리를 듣고 애걸하며 말했다.

"이는 다 소녀의 죄가 아니오라 초낭자가 가르쳐 준 대로 한 것뿐이니, 바라건대 너그러운 마음으로 죄를 용서하여 주십시오."

길동이 말하였다.

"초낭자는 나의 의붓어미여서 그 죄를 논할 수도 없지만 너 같은 악종을 내 어찌 살려 두겠는가. 너를 죽여 뒷사람들에게 경계토록 하겠다."

칼을 들어 머리를 베어 특자의 주검 있는 쪽으로 던졌다.

분한 마음을 참지 못하여 바로 대감 앞에 나아가 이 변괴를 아뢰고 초낭을 베려 하다가, 홀연 생각하기를 '남이 나를 저버릴지언정 어찌 내가 남을 저버리겠는가.' 또 '내가 잠깐의 울분으로 어찌 인륜(人倫)을 끊겠는가.' 하고, 바로 대감 침소에 나아가 뜰아래 엎드렸다. 이때 대감이 잠에서 깨어 문 밖에 인기척이 나는 것을 이상히 여겨 창을 열고 보니, 길동이 뜰아래 엎드렸거늘 불러 말했다.

"지금 밤이 이미 깊었거늘 네 어찌 자지 아니하고 무슨 까닭으로 이러느냐?"

길동이 눈물을 흘리고 슬피 울면서 대답했다.

"집안에 흉한 사건이 있어서 목숨을 구하려 떠나고자 하여 대감께 하직 인사를 올리려고 왔습니다."

대감이 놀라서 헤아려 '필시 무슨 곡절이 있구나.' 하고 생각했다.

"무슨 일인지는 날이 새면 알 것이니, 급히 돌아가 자고 분부를 기다려라."

길동이 땅에 엎드려 아뢰었다.

"소인은 이제 집을 떠나가오니 대감께서는 부디 몸 편안히 계십시오. 소인이 다시 뵈올 기약이 참으로 아득합니다."

대감이 생각하니, 길동은 평범한 사람이 아니어서 만류하여도 듣지 않으리라 짐작하고 말하였다.

"네가 이제 집을 떠나면 어디로 가느냐?"

길동이 엎드려 아뢰었다.

"목숨을 구하고자 하늘과 땅을 집 삼아 도망가는 것이니

어찌 정한 곳이 있겠습니까? 더욱이 평생의 원한이 가슴에 맺혔거늘 풀어 버릴 날이 없어 더욱 서럽습니다."

대감이 위로하여 말했다.

"오늘로부터 네 소원을 풀어 줄 테니, 너는 나가서 사방을 돌아다니더라도 부디 죄를 지어 부형에게 근심을 끼치지 말고 빨리 돌아와 나의 마음을 위로하라. 여러 말 아니할 것이니 부디 겸손하게 생각하여라."

길동이 일어나 다시 절하고 아뢰었다.

"아버지께서 오늘 저의 오랜 소원을 풀어 주시니 이제 죽어도 여한이 없습니다. 황공하여 몸둘 바를 모르겠으니 바라건

대 아버지께서는 만세무강(萬世無疆)하소서."

이어 하직하고 나와 바로 그 어미의 침실에 들어가 어미에게 말했다.

"소자가 이제 목숨을 구하고자 집을 떠납니다. 어머니는 불효자를 생각지 마시고 계시면 소자 돌아와 뵐 날이 있을 것이니, 달리 염려 마시고 삼가 조심하여 천금같이 귀한 몸을 보살피십시오."

초낭이 꾸며 일어난 일을 처음부터 끝까지 낱낱이 이야기하니, 그 어미가 그 사건을 자세히 들은 후에는 길동을 말리지 못할 것을 알고 탄식하여 말했다.

"네가 이제 나가 잠깐 화를 피하고는 어미 낯을 보아 빨리 돌아와서, 나로 하여금 실망하는 일이 없게 하여라."

어미가 못내 서러워하니, 길동이 수없이 위로하며 눈물을 닦으며 하직하고, 문밖에 나서니 이 넓은 천지(天地) 사이에 한 몸을 허락해 줄 곳이 없었다. 탄식하며 정처 없이 갔다.

이때 부인이 자객을 길동에게 보낸 줄 아시고 밤이 새도록 잠을 이루지 못하고 무수히 탄식하니, 장남 길현[25]이 위로하며 말했다.

"소자도 마지못해 한 일이오니 길동이 죽은 후인들 어찌 한이 없겠습니까? 제 어미를 더욱 후대하여 일생을 편케 하고, 시신을 후하게 장사 지내 애석한 마음을 만분의 일이나 덜까 합니다."

그렇게 밤을 보냈다.

이튿날 새벽, 초낭이 날이 밝도록 별당에서 소식이 없는 것을 이상하게 여겨 사람을 보내 알아보니, 길동은 간데없고 목 없는 주검 두 구만 방 안에 거꾸러져 있는데 자세히 보니 특자와 관상녀였다. 초낭이 이 말을 듣고 크게 놀라 급히 내당에 들어가 이 사연을 부인께 알리니, 부인이 크게 놀라 장자 길현을 불러 길동을 찾았으나 끝내 거처를 알지 못하였다. 대감을 청하여 자초지종을 아뢰며 죄를 구하니, 대감이 크게 꾸짖으며 말했다.

---

25) 경판 24장본에서는 '인형'임.

"집안에 이런 변고가 있었으니 그 화가 장차 끝이 없겠구나. 간밤에 길동이 집을 떠나겠다고 하직을 고하기에 무슨 일인지 몰랐더니, 이 일이 있은 줄 어찌 알았겠는가."

대감이 초낭을 크게 꾸짖으며 말했다.

"네가 열흘 전에 이상한 말을 하여 꾸짖어 물리치고 그 같은 말을 다시는 내지 말라 하였거늘, 네가 끝내 마음을 고치지 못하고 집안에 이렇게 변란을 만드니 죄를 따지자면 죽음을 면하기 어려울 것이다. 어찌 내 눈앞에 두고 보겠는가?"

이어 노복을 불러 두 주검을 남모르게 치우게 하고는, 마음 둘 곳을 몰라 좌불안석(坐不安席)하였다.

4. 활빈당 두령으로, 해인사와 함경 감영을 털다

　이때 길동이 집을 떠나 사방으로 돌아다니다가 하루는 어떤 곳에 다다랐는데, 겹겹이 솟은 산봉우리가 하늘에 닿는 듯하고 초목이 무성하여 동서(東西)도 분별할 수 없던 중에, 날이 저물어 햇빛은 사그라들고 인가 또한 없으니 오도 가도 못하는 처지가 되었다. 바야흐로 주저하다가 한 곳을 바라보니 이상한 표주박이 시냇물을 따라 떠내려 오고 있었다. 인가가 있을 것을 짐작하고 시냇물을 따라 몇 리를 들어가니, 산천이 툭 트인 곳에 수백 호의 집들이 즐비해 있었다. 길동이 그 마을로 들어가니, 한 곳에 수백 명의 사람들이 모여 잔치를 열고 노는데 술상과 쟁반이 어지러이 뒹굴고 갖가지 의견들이 난무하여 소란스러웠다.
　원래 이 마을은 도적 소굴이었다. 이날 마침 장수를 정하려다 보니 의견이 분분하였다. 길동이 그 사정을 듣고 속으로 헤아렸다.

'내가 갈 곳 없는 처지가 되어 우연히 이곳에 이르게 되었는데, 이는 나로 하여금 하늘이 그렇게 시키신 것이로다. 이내 몸을 도적 소굴에 맡겨 남아의 뜻과 기개를 펴 보리라.'

길동이 무리 가운데 나아가 이름을 밝히며 말했다.

"나는 경성 홍 승상의 아들인데, 사람을 죽이고 목숨을 지키고자 도망하여 사방을 돌아다니다가 오늘날 하늘의 뜻으로 우연히 이곳에 이르렀으니, 내가 푸른 숲의 호걸 중 으뜸 장수가 되는 것이 어떻겠소?"

이때 무리의 모든 사람이 술에 취하여 바야흐로 공론이 매우 어지럽던 중 뜻밖에 난데없는 총각 아이 하나가 들어와 스스로 청하니, 서로 돌아보며 꾸짖어 말했다.

"우리 수백 명이 다 남보다 뛰어난 힘을 가졌으나 지금 두 가지 일을 행할 사람이 없어 미적대며 결정하지 못하고 있는데, 너는 어떠한 아이기에 감히 우리 잔치에 뛰어들어 말이 이렇듯이 괴상망측하느냐? 목숨을 생각하여 살려 보내 줄 테니 급히 돌아가거라."

등을 밀어 쫓아냈다. 길동은 돌문 밖에 나와 큰 나무를 꺾어 글을 썼다.

용이 얕은 물에 잠기어 있으니 물고기와 자라가 쳐들어오고, 범이 깊은 숲을 잃으니 여우와 토끼에게 조롱을 당하는구나. 오래지 아니해서 풍운(風雲)을 얻으면 그 변화를 헤아리기

어려우리로다.

한 군사가 그 글을 베껴서 좌중에 올리니, 윗자리에 앉은 한 사람이 그 글을 보다가 여러 사람에게 청하여 말하였다.

"그 아이 거동이 비범할 뿐 아니라 더욱이 홍 승상의 자제라 하니, 그 녀석을 불러 재주를 시험한 후에 처치해도 해롭지 않을 것이오."

자리의 모든 사람들이 응낙하여 즉시 길동을 불러 자리에 앉히고 말했다.

"지금 우리가 의논할 것이 두 가지다. 하나는 이 앞에 초부석이라 하는 돌이 있는데 무게가 천여 근이라 무리 중에 쉽게 들 사람이 없는 것이고, 둘째는 경상도 합천 해인사에 엄청난 재산이 있는데 수도승이 수천 명이라 그 절을 치고 재물을 빼앗을 모책(謀策)이 없는 것이다. 네 녀석이 이 두 가지를 능히 해내면 오늘부터 장수로 봉하리라."

길동이 이 말을 듣고 웃으며 말했다.

"대장부가 세상에 처함에 있어 마땅히 위로 하늘의 이치에 통달하고, 아래로 땅의 이치를 굽어 살피며, 가운데로 사람의 뜻을 살펴야 할 것이오. 어찌 이만한 일을 겁낼 것인가?"

즉시 팔을 걷고 그곳에 나아가 초부석을 들어 팔 위에 얹고 수십 걸음을 걷다가 다시 그 자리에 놓는데 조금도 힘겨워하는 기색이 없었다. 모든 사람이 크게 칭찬하여 말했다.

"실로 장사로다!"

길동을 윗자리에 앉히고 술을 권하며 장수라 부르며 곳곳에서 길동을 칭찬하고 축하하는 소리가 분분하였다. 길동이 군사를 시켜 백마를 잡아 피를 마시고 맹세하면서 모든 군사들에게 호령하였다.

"우리 수백 명이 오늘부터 생사고락(生死苦樂)을 함께할 것이니, 만일 약속을 배반하고 명령을 어기는 자가 있으면 군법으로 처결하겠다."

모든 군사들이 일시에 명령을 받들고 즐거워했다.

며칠 후 길동이 군사들에게 분부하여 말했다.

"내가 합천 해인사에 가서 보고 모책을 세워 오겠다."

길동이 공부하는 어린 학생의 차림새로 나귀를 타고 하인 몇 명을 데리고 가니, 완연한 재상의 자제 모습이었다. 해인사에 미리 공문을 보내 '경성 홍 승상 댁 자제가 공부하러 갈 것이다.' 하니, 절 안의 모든 중이 그 소식을 듣고 의논하였다.

"재상가 자제가 절에 거처하면 그 힘이 적지 아니하겠다."

한꺼번에 동구 밖으로 나가 맞이하여 문안 인사를 하니, 길동이 흔쾌히 절 안으로 들어가 자리에 앉은 후에 중들을 보고 말했다.

"내가 들으니 이 절이 유명하기로 경성에서도 소문이 높이 나 있어서, 멀다고 생각지 않고 한번 구경도 하고 공부도 할 겸 해서 왔으니, 너희도 괴롭게 생각지 말고 절 안에 머물고 있는 잡인을 전부 내보내라. 내가 아무 고을 관아로 들어가 원님을 보고 백미 이십 석을 보내라 할 것이니, 아무 날 음식을 장만하여라. 내가 너희와 더불어 승려와 속인을 따지지 않고 함께 즐긴 후에 그날부터 공부하겠다."

중들이 황공해하며 명령을 따랐다. 길동이 법당 곳곳으로 다니며 두루 살핀 후에 돌아와 도적 수십 명에게 백미 이십 석을 들려 보내며 일렀다.

"아무 관아에서 보냈다고 말하여라."

중들이 어찌 도적의 흉계를 알겠는가. 행여 분부를 어길까 염려하여 그 백미로 즉시 음식을 장만하고, 한편 절 안에 머물고 있는 잡인도 다 내보냈다. 기약한 날에 길동이 도적들에게 분부하여 말했다.

"이제 해인사에 가 중들을 다 묶을 것이니, 너희들은 근처에 숨어 있다가 한꺼번에 절에 들어와 재물을 샅샅이 뒤져 챙겨 가지고 내가 가르치는 대로 따르되 부디 명령을 어기지 말아라."

장대한 하인 십여 명을 거느리고 해인사로 향하였다.

이때 중들이 동구 밖에 나와 길동 무리를 기다리고 있었다. 길동이 들어가 분부를 내렸다.

"이 절의 중은 노소(老少) 구분 없이 하나도 빠지지 말고 일제히 절 뒤 푸른 계곡으로 모여라. 오늘은 너희와 함께 하루 종일 마음껏 취하고 놀겠다."

중들이 먹고 싶기도 할 뿐 아니라 분부를 어기면 행여 죄가 될까 두려워하여, 한꺼번에 수천 명의 중들이 푸른 계곡으로 모이니 절은 텅 비게 되었다. 길동이 윗자리에 앉고 중들을 차례로 앉힌 후에, 각각 상을 받아 술도 권하며 즐기다가 이윽고 밥상을 들였다. 길동이 소매에서 모래를 꺼내어 입에 넣고 씹으니 돌 깨지는 소리에 중들이 몹시 놀라 정신이 하나도 없

었다. 길동이 크게 화를 내며 말했다.

"내가 너희와 더불어 승려와 속인을 굳이 따지지 않고 즐긴 후에 절에 머물며 공부하려 하였더니, 이 흉악하고 거만한 중놈들이 나를 쉽게 보고 이다지도 음식을 정갈치 못하게 했으니 정말 분하기 짝이 없구나."

데리고 갔던 하인들에게 호령하였다.

"중들을 전부 묶어라."

길동의 재촉이 성화와 같았다. 하인들이 동시에 달려들어 중들을 묶는데 조금이라도 사정이 있겠는가.

이때 도적들이 동구 곳곳에 숨어 있다가 이 기미를 눈치 채고 동시에 달려들어 창고를 열고 수만금의 재물을 제 것 가져가듯이 마소에 싣고 갔다. 그런들 팔다리를 꼼짝도 못하는 중들이 어찌 막아설 수 있었겠는가. 다만 입으로 원통하다 하는 소리만 마을이 무너지는 듯하였다.

이때 목공 한 명이 이 일에 참여하지 않고 절을 지키고 있었는데, 난데없이 도적이 들어와 창고를 열고 제 것 가져가듯이 하므로, 급히 도망쳐 합천 관가로 가서 이 사실을 알렸다. 합천 원님이 크게 놀라 한편 관리를 보내고, 또 한편으로 관군을 꾸려서 도적들을 뒤쫓았다.

모든 도적이 재물을 싣고 마소를 몰아 나서며 멀리 바라보니, 수천 군사가 비바람같이 몰려오는데 마치 티끌이 하늘에 닿은 듯하였다. 도적들이 크게 겁을 먹고 갈 곳을 알지 못하고 도리어 길동을 원망하였다. 길동이 웃으며 말했다.

"너희가 어찌 나의 비밀스러운 계략을 알겠는가? 염려 말고 남쪽 큰길로 가라. 나는 저기 오는 관군을 북쪽의 작은 길로 가게 하겠다."

길동은 법당으로 들어가 중의 장삼(長衫)을 입고, 고깔을 쓰고, 높은 봉우리에 올라 관군을 불러 외쳤다.

"도적이 북쪽 작은 길로 갔으니 이리로 오지 말고 그리로 가 잡으시오."

장삼 소매를 날리며 북쪽 작은 길을 가리키니, 관군이 오다 가 남쪽길을 버리고 노승이 가리키는 대로 북쪽 작은 길로 갔 다. 길동이 내려와 축지법(縮地法)을 써서 도적을 이끌고 마을 로 돌아오니 모든 도적이 크게 칭찬하였다.

이때 합천 원님이 관군을 몰아 도적을 뒤쫓다가 자취도 보 지 못하고 돌아오므로 고을 전체가 시끄러웠다. 이 사연을 감 영에다 장계(狀啓)[26]를 올려 보고하니, 감사가 듣고 놀라서 각 읍에 관군을 보내 도적을 잡으려 하였으나, 끝내 남은 흔적 조차 찾을 수 없어 도리어 분주하기만 하였다.

하루는 길동이 모든 도적을 불러 의논하여 말하였다.

"우리가 비록 푸른 숲에 숨어 도적질을 해서 먹고 살지만 다 이 나라 백성이다. 대를 이어 나라의 물과 흙을 먹으니 만 일 위태한 시절을 만나면 마땅히 온갖 위험을 무릅쓰고 임금 을 도와야 할 것이니 어찌 병법에 힘쓰지 아니하겠는가? 이제

---

26) 왕명을 받고 지방에 나가 있는 신하가 관하의 일을 왕에게 보고하던 일 이나 문서.

무기를 마련할 방책을 세웠으니, 아무 날 함경 감영 남문 밖 왕릉 근처에다 불 땔 때 쓰는 마른 풀을 운반해 두었다가 삼경(三更)에 불을 놓는데, 능(陵)에 불이 옮겨 붙지 않게 해야 한다. 나는 남은 군사를 거느리고 기다렸다가 감영에 들어가 군기(軍器)와 창고를 털어 오겠다."

약속을 한 후 기약한 날에 군사를 두 초(哨)²⁷⁾로 나누어 한 초는 마른풀을 운반하라 하고, 또 한 초는 길동이 거느리고 숨어 있었다. 삼경이 되어 능 있는 근처에서 불길이 하늘로 치솟아 오르자, 길동이 급히 들어가 관문을 두드리며 소리쳤다.

"능에 불이 났으니 급히 불을 꺼 구하십시오."

감사가 잠결에 크게 놀라 나와서 보니 과연 불길이 하늘에 가득 번지고 있었다. 하인을 거느리고 나가며, 한편으로 군사를 불러 모으니 성(城) 안이 마치 물 끓듯 하였다. 백성도 다 능으로 가고 성 안은 텅 비어 노약자만 남았다. 길동이 도적들을 거느리고 한꺼번에 달려들어 창고의 곡식과 무기를 훔쳐 가지고, 축지법을 써서 순식간에 마을로 돌아왔다.

이때 감사가 불을 끄고 돌아오니 창고의 곡식을 지키던 군사가 아뢰었다.

"도적이 들어와 창고를 열고 군기와 곡식을 훔쳐 갔습니다."

감사가 크게 놀라 사방으로 군사를 풀어 도적들을 찾았지만 흔적도 없었다. 변괴(變怪)인 것을 알고 이 사실을 나라에

---

27) 옛날 군대 편제의 하나.

보고하였다.

이날 밤에 길동이 마을로 돌아와 잔치를 베풀고 즐기며 말했다.

"우리가 이제는 백성의 재물은 추호도 건드리지 말고, 각읍 수령과 방백(方伯)들이 백성에게서 착취한 재물을 빼앗아 혹 불쌍한 백성을 구제할 것이니, 이 무리의 이름을 '활빈당(活貧黨)'이라 하리라."

이어 또 말했다.

"함경 감영에서 군기와 곡식을 잃고 우리 종적은 알지 못하므로 그 사이에 애매한 사람이 많이 다칠 것이다. 내 몸이 지은 죄를 애매한 백성에게 돌려보내면 사람은 비록 알지 못할지라도 천벌이 두렵지 아니하겠는가?"

길동이 즉시 감영 북문에 써 붙였다.

창고의 곡식과 군기를 훔친 이는 활빈당 장수 홍길동이라.

5. 포도대장을 혼내다

하루는 길동이 생각하였다.

'내 팔자가 무상하여 집에서 도망나와 몸을 숲속 도적 소굴에 의지하게 되었으나 본심이 아니다. 입신양명(立身揚名)하여위로 임금을 도와 백성을 구하고 부모에게 영화를 드려야 할것이나, 남의 천대를 분히 여겨 이 지경에 이르렀으니 차라리이를 기회로 삼아 큰 이름을 얻어 후세에 전하리라.'

허수아비 일곱을 만들어 각각 군사 오십 명씩을 붙여 팔도에 나누어 보냈다. 다 각기 혼(魂)과 넋이 있어 조화가 무궁하니, 군사들이 서로 의심하여 어느 도로 가는 것이 진짜 길동인지를 몰랐다. 각각 팔도를 누비며 나쁜 사람의 재물을 빼앗아 불쌍한 사람에게 나눠 주고, 고을 수령의 뇌물을 탈취하고, 창고를 열어 곤궁한 백성을 도와주었다. 그러니 곳곳마다 한바탕 소동이 일어나고 군사가 잠을 설쳐 가며 창고를 지키는데도 길동이 수단을 한 번 부리면 비바람이 크게 일어나고 구름과 안개 자욱하여 천지를 분별하지 못하니, 그 지키는 군사는 손을 묶인 듯이 제지할 수 없었다. 팔도에서 난(亂)을 일으키되 명백히 외쳐 말했다.

"활빈당 장수 홍길동이다."

온 천하에 이름을 내놓고 돌아다녀도 누가 그 종적을 잡으리오. 팔도 감사가 한꺼번에 공문을 올려 임금께서 보시니 그 내용이 각각 이러하였다.

홍길동이라는 큰 도적이 비구름을 부릴 줄 알아 각 읍에서 소란을 일으키고 있습니다. 어떤 날은 이러이러한 고을의 군기를 훔치고, 또 어떤 때는 아무 고을의 창고 곡식을 탈취하였으나, 이 도적의 자취를 잡지 못하니 황공한 사연을 우러러 고합니다.

임금께서 보시고 크게 놀라서 각도의 공문 날짜를 자세히 검토하시니, 길동이 소란을 일으킨 날이 모두 같은 달 같은 날이었다. 임금께서 크게 근심하시는 한편 여러 고을에 분부를 내리셨다.

"사대부든 일반 백성이든 누구를 막론하고 만일 이 도적을 잡으면 천금의 상을 내리겠노라."

팔도에 어사를 내리어 민심을 수습하고 이 도적을 잡으라 명하셨다.

　이후로 길동은 고관들이 타는 쌍가마를 타고 다니며 수령
에게 죄를 물어 마음대로 쫓아내거나, 창고를 활짝 열어 가난
한 백성들을 구제하고, 죄인을 잡아 다스리며, 감옥을 열어 죄
없는 사람을 내보내며 다녔다. 각 읍에서는 끝내 그 종적을
모르고 도리어 분주하여 온 나라가 흉흉하였다. 임금께서 크
게 화를 내며 말씀하셨다.

　"어떤 용맹스러운 놈이 같은 날에 팔도를 다니며 이같이 난
리를 일으키는가? 나라를 위하여 이놈을 잡을 자가 없으니
매우 한심하도다!"

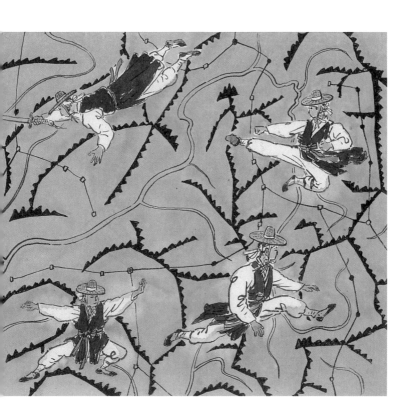

계단 아래 한 사람이 나서며 아뢰었다.

"신이 비록 재주는 없사오나 한 무리의 병사를 주시면 홍길동이란 큰 도적을 잡아 전하의 근심을 덜어 드리겠습니다."

모두가 보니 이는 곧 포도대장 이엽[28]이었다. 임금께서 기특하게 여겨 정예 군사 일천 명을 주시니, 이엽은 곧바로 임금께 하직 인사를 올리고 그날 즉시 출발하였다. 과천을 지나서는 각각 군사를 나누어 떠나 보내며 약속을 정하였다.

---

28) 경판 24장본에서는 '이흡'임.

"너희는 이러이러한 곳을 지나 아무 날 문경으로 모여라."

이엽 자신은 변장한 차림새로 며칠 후에 한 곳에 이르렀다. 날이 장차 저물어 주점에 들어 쉬었다. 이윽고 어떤 소년이 나귀를 타고 여러 동자(童子)를 거느리고 들어와 자리에 앉은 후에, 이름과 사는 곳을 밝히고 서로 이야기를 나누더니, 그 소년이 탄식하며 말했다.

"넓은 하늘 아래 왕의 땅 아닌 곳이 없고, 온 땅의 백성 중 왕의 신하 아닌 사람이 없다 하였소. 지금 큰 도적 홍길동이 팔도에서 소란을 일으켜 민심을 어수선하게 하므로, 임금께서 크게 노하셔서 팔도 방방곡곡에 공문을 내려 잡아들이라 하셨으나 끝내 잡지 못하니, 분통한 마음은 온 나라 사람이 같을 것이오. 나 같은 사람도 약간이나마 용맹스러운 힘이 있어 이 도적을 잡아 나라의 근심을 덜고자 하나, 힘이 넉넉지 못하고 뒤를 도울 사람이 없어 참으로 한스러울 뿐이오."

이엽이 그 소년의 모양을 보고 또 말을 들어 보니, 진실로 의리와 용기가 있는 남자였다. 속으로 존경하는 마음이 우러나와 나아가 손을 잡고 말했다.

"장하다, 이 말이여! 충성과 의리를 겸한 사람이로다! 내가 비록 변변치 못한 재주이지만 죽음을 각오하고 그대의 뒤를 도울 것이니 나와 함께 이 도적을 잡는 것이 어떻겠는가?"

그 소년이 또한 감사의 뜻을 나타내며 말했다.

"그대 말씀이 그러하다면 이제 나와 함께 가서 재주를 시험하고 홍길동이 거처하는 데를 찾아보리라."

이엽이 응낙하고 그 소년을 따라 함께 깊은 산중으로 들어

가는데, 그 소년이 몸을 솟구쳐 층층절벽 위에 올라앉으며 말했다.

"그대가 있는 힘을 다하여 나를 차면 그 용력(勇力)을 알 수 있을 것이오."

이업이 있는 힘껏 다하여 그 소년을 찼는데, 그 소년이 돌아앉으며 말했다.

"장사로다! 이만하면 홍길동 잡기를 염려하지 않아도 되겠구려! 그 도적이 지금 이 산중에 있으니 내가 먼저 들어가 살펴보고 올 것이오. 그대는 이곳에서 내가 돌아오기를 기다리시오."

이업이 허락하고 그곳에 앉아 기다리는데, 이윽고 모습이 기괴한 군사 수십 명이 다 누런 두건을 쓰고 오며 외쳤다.

"네가 포도대장 이업이냐! 우리는 염라대왕 명을 받아 너를 잡으러 왔노라."

일시에 달려들어 쇠사슬로 묶어 데려가니, 이업이 너무 놀라 넋을 잃고 지하인지, 인간 세상인지 모르고 끌려갔다.

눈 깜짝할 사이에 한 곳에 다다랐는데 어렴풋이 보이는 기와집이 궁궐 같았다. 이업을 잡아 뜰아래 꿇어 앉히니 전상(殿上)에서 죄를 따지며 꾸짖는 소리가 들렸다.

"네가 감히 활빈당 장수 홍길동을 우습게 보고, 스스로 나서서 잡으려고 했단 말인가? 홍 장군은 하늘의 명을 받아 팔도를 다니며 탐관오리와 비리로 이로움을 취하는 놈들의 재물을 빼앗아 불쌍한 백성을 도왔다. 너희 놈이 나라를 속이고 임금에게 거짓으로 고하여 옳은 사람을 해치고자 하니, 저승에서 너같이 간사한 무리를 잡아다가 다른 사람을 경계코자 하니 원망하지 말라."

하고, 황건역사(黃巾力士)[29]에게 명령하였다.

"이업을 잡아 저승에 보내서 영원히 세상으로 나오지 못하게 하라."

이업이 머리를 땅에 두드리고 잘못을 빌며 말했다.

"과연 홍 장군이 각 읍에 다니며 소란을 일으켜 민심을 어수선하게 하므로 임금께서 크게 노하셨습니다. 신하된 도리에 앉아 있지 못하고 홍 장군을 잡으라는 명령을 받들려고 나왔사오니 죄 없는 목숨을 살려 주십시오."

수없이 애걸하니, 주위 사람들과 전상의 길동이 그가 하는 짓을 보고 크게 웃었다. 군사를 시켜 이업을 풀어 주고 전상에 앉혀 술을 권하며 말했다.

"그대 머리를 들어 나를 보라. 나는 곧 주점에서 만났던 사람이요, 그 사람은 홍길동이다. 그대 같은 이는 수만 명이라도 나를 잡지 못할 것이다. 그대를 유인하여 이리로 데려온 것은 우리의 위엄을 보이기 위함이요, 앞으로 그대와 같이 분수에 넘는 짓을 하는 사람이 있을 경우 그대가 말리게끔 하기 위해서이다."

또 두어 사람을 잡아들여 뜰 아래 무릎을 꿇리고 죄를 따지며 말했다.

"너희 모두를 베어야 마땅하겠지만, 이미 이업을 살려서 돌

---

29) 신장(神將)의 하나. 힘이 셈.

려보내기로 했으니 너희도 살려 보내 주겠다. 돌아가 앞으로 다시는 홍 장군 잡을 생각도 하지 말라."

이업이 그제야 그 사람인 줄 알았으나 부끄러워 아무 말도 못하고 머리를 숙이고 잠자코 있었다. 이윽고 앉아서 잠깐 졸 았는데, 문득 깨어 보니 팔다리를 움직일 수도 없고 아무것도 볼 수 없었다. 죽을 힘을 다해 벗어나 보니 가죽 부대에 들어 가 있었다. 그 앞에 또 가죽 부대 둘이 달려 있어 끌러 보니 어젯밤에 함께 잡혀 갔던 사람이요, 문경으로 보낸 군사였다. 이업이 어이가 없어 웃으며 물었다.

"나는 어떤 소년에게 속아 이러이러하였는데, 너희는 어떻게 그렇게 되었느냐?"

그 군사들이 서로 웃으며 말했다.

"소인들은 아무 주점에서 잠을 자고 있었는데 어찌하여 이곳에 이른지는 알지도 못하겠습니다."

사방을 살펴보니 서울의 북악산(北嶽山)이었다. 이업이 말했다.

"허망한 일이로다! 삼가 입 밖에 내지 말라."

6. 여덟 길동이 붙잡히다

이때 길동의 수단이 귀신같아 팔도를 누비고 다녀도 아무도 알아보는 사람이 없었다. 수령의 간악한 죄를 적발해 어사로 출도하여 먼저 처벌하고 난 후에 임금께 아뢰고, 각 읍에서 서울로 올려 보내는 뇌물을 낱낱이 탈취하니, 서울의 많은 관리들이 몹시 궁색해졌다. 혹은 초헌(軺軒)[30]을 타고 서울의 큰 길을 오고 가며 소란을 일으키니, 위아래 백성이 서로 의심하고 이상하게 여기는 일이 많아 온 나라가 시끄러웠다. 임금께서 크게 근심하시니 우승상이 아뢰었다.

"신이 들자오니 도적 홍길동은 전 승상 홍 모의 서자라 하옵니다. 이제 홍 모를 가두시고, 그 형 이조판서 길현을 경상

---

30) 종2품 이상의 벼슬아치가 타는 수레.

감사로 임명하셔서, 기한을 정하여 그 서제(庶弟) 길동을 잡아 바치라 하오면, 제아무리 불충(不忠)하고 무도(無道)한 놈이라도 그 부형의 낯을 보아 스스로 잡힐 것이옵니다."

임금께서 이 말을 들으시고 즉시 홍문을 금부에 가두라 하시고, 승지를 시켜 길현을 불러들이셨다.

이때 홍 승상이 길동이 한번 떠난 후로 소식이 없어 거처도 모른 채 뒷날 무슨 일이 있을까 염려하고 있었다. 뜻밖에 길동이 나라 도적이 되어 이렇듯 소란을 일으키므로, 놀란 마음에 어찌할 줄을 몰랐는데, 이 사연을 미리 나라에 아뢰기도 어렵고 모르는 체 앉아 있기도 어려워 오로지 그 생각만 하다가 병을 얻어 자리에 눕고 일어나지 못하게 되었다.

장자 길현이 이조판서로 있다가 부친의 병세가 무거워지자 말미를 청하여 집에 돌아왔다. 띠도 끄르지 아니하고 병수발을 들다가 조정에 나아가지 아니한 지 이미 한 달이 넘게 되었다. 조정의 형편을 알지 못하였는데, 문득 법관이 나와 왕의 명령을 전하고 승상을 감옥에 가두고 판서를 불러들이니 온 집안이 허둥지둥 경황이 없었다.

판서가 대궐로 나가 죄를 빌고 처벌을 기다리니, 임금께서 말씀하셨다.

"경의 서제 길동이 나라 도적이 되어 분수에 넘는 짓을 이렇게 하니, 그 죄를 따지자면 마땅히 온 가족 모두를 처벌해야 할 것이나, 잠시 시간을 줄 것이니 당장 경상도에 내려가 길동을 잡아 홍 씨 가문의 우환을 없애도록 하라."

길현이 땅에 엎드려 아뢰었다.

"천한 동생이 일찍이 사람을 죽이고 도망친 후 종적을 몰랐는데 이렇듯 큰 죄를 지으니 신의 죄가 목을 베어도 마땅할 따름이옵니다. 신의 아비는 나이 팔십에 천한 자식이 나라 도적이 된 까닭에 병이 나서 사경을 헤매고 있으니, 엎드려 바라옵건대 전하께서 하해(河海) 같은 은덕을 베푸셔서 신의 아비로 하여금 집에 돌아가 병을 치료하게 하시면 신이 내려가서 서제 길동을 잡아 전하께 바치겠사옵니다."

임금께서 그 효성에 감동하셔서 홍 모는 집으로 보내어 병을 치료하라 하시고, 길현은 경상 감사에 임명하여 길동을 잡아올 기한을 정하여 주셨다. 판서는 임금의 은혜에 수없이 절하고는 경상도에 내려와 각 읍에 공문을 내려 방방곡곡에 방을 써 붙여 길동을 찾으니, 그 글이 이러하였다.

무릇 사람이 하늘과 땅 사이에 나면 오륜(五倫)이 있으니, 오륜 중에 임금과 아버지가 으뜸이니라. 사람이 되고 오륜을 버리면 사람이 아니라 하였는데, 지금 너는 지혜와 식견이 보통 사람들보다 뛰어남에도 이를 모르니 어찌 애닯지 아니하리오? 우리 가문이 대를 이어 나라의 은혜를 입어 자자손손(子子孫孫) 녹(祿)을 받으니, 지극한 마음으로 충성을 다해 보답하고자 하였는데, 우리 대에 와서 너로 말미암아 나라의 명을 거역함이 장차 어디까지 미칠지 모르니 참으로 한심할 뿐이다. 나라를 어지럽히는 신하와 불충불효하는 반역자가 어느 시대인들 없겠느냐마는 우리 가문에서 날 줄은 진실로 뜻밖의 일이로다. 너의 죄목에 대해 전하께서 진노하시니 마땅히 극형에 처해

질 것이나, 망극한 성은을 베푸셔서 네 죄를 더하지 아니하시고 나에게 너를 잡으라 명하시니 도리어 황공하기 그지없다. 백발이 성성한 늙은 아비가 너 때문에 밤낮으로 걱정하시던 중에 네가 이렇듯 난리를 쳐서 나라에 죄를 지으니, 놀라신 마음에 병이 나서 이제 드러누워 장차 일어나지 못하게 되셨다. 아버지께서 만일 너로 인하여 세상을 버리시면, 너는 살아서도 반역의 죄를 짓는 것이고 죽어 지하에 가서도 천추만대(千秋萬代)에 불충불효한 죄를 남기는 것이다. 또한 뒤에 남은 우리 가문은 원통치 아니하겠는가? 너는 어찌 넉넉한 소견으로 이를 생각지 못하느냐? 네가 이 죄명을 가지고 세상을 살아간들, 사람은 비록 용서한다 할지라도 사리가 분명한 하늘의 벌은 조금도 사정을 봐주지 않을 것이다. 이제 마땅히 하늘의 명을 받들어 조정의 처분을 기다릴 뿐이지 또 어찌하겠는가? 너는 일찍 돌아오기를 바라노라.

감사는 부임한 후에 공무를 중지하고, 전하의 근심과 아버지의 병세를 염려하여 걱정으로 날을 보내며 행여 길동이 올까 바랐다.

하루는 하인이 아뢰었다.

"어떤 소년이 밖에 와 뵙기를 청합니다."

즉시 맞아들이니 그 사람이 계단 위에 엎드려 죄를 청하였다. 감사가 이상하게 여겨 그 까닭을 물으니 대답하였다.

"형님은 어찌 아우 길동을 모르십니까?"

감사는 몹시 놀라고 기뻐서 나가 길동의 손을 잡아 이끌고 방에 들어와 주변 사람들을 물리치고 한숨지으며 말했다.

"이 철없는 아이야. 네가 어려서 집을 떠난 후에 이제야 만나니 반가운 마음이 도리어 슬프구나! 너는 저러한 풍채와 재주로 어찌 이렇듯 못되고 발칙한 일을 즐겨하여 부형의 은혜와 사랑을 끊게 하느냐? 시골의 어리석은 백성도 임금에게 충성하고, 아비에게 효도할 줄 안다. 너는 타고난 본성이 총명하고 재주가 높아 무릇 사람들과 크게 다르니 마땅히 더욱 충효를 우러러 받들어야 할 사람인데, 몸을 그른 데 버려서 평범한 사람들보다 더 충효하지 못하니 어찌 한심치 아니하겠는가?

그 부형되는 사람이 그같이 식견이 높고 명석한 자제를 두었다 하여 속으로 즐거워하고 있었는데 도리어 부형에게 근심을 끼치느냐? 네가 지금 충성과 의리를 택해 죽을 곳에 가더라도 그 부형이 싫어하는 마음이 있을 건데, 하물며 나라의 명을 어겨 그 죄로 죽게 되니 그 부형의 마음이야 다시 어떠하다 하겠는가! 나랏법이 사정이 없으니 아무리 구원코자 하여도 어찌 못하니 너를 위하여 서러워한들 무슨 효험이 있으랴? 너는 부형의 낯을 보아 달게 죽기를 각오하고 왔을 것이나 나는 두렵고 슬픈 마음이 너를 보지 않았을 때보다 더하구나! 너는 네가 지은 죄니 하늘과 사람을 원망치 못하여도, 아버지와 나는 눈 앞의 너를 죽이게 됨을 다만 운명만 탓할 뿐이다. 네 어찌 이를 깨닫지 못하고 이렇듯 분수를 넘는 죄를 지었느냐? 천년을 거슬러 올라가 보아도 생사(生死)의 이별이 오늘 밤에 비하지 못할 것이로다!"

길동이 눈물을 흘리고 울면서 말했다.

"이 못난 동생 길동이 본래 부형의 훈계를 듣지 않으려 한 것이 아닙니다. 팔자가 기박하여 천하게 태어난 것도 평생 한이었는데 집안에 시기하는 사람까지 있어 그를 피하여 정처없이 다니다가, 천만 뜻밖에 몸이 도적 소굴에 빠져 잠시 생계를 맡겼더니 죄명이 이에 미치었습니다. 내일 이 아우를 잡은 경위를 보고하고, 저를 묶어서 나라에 바치십시오."

이야기를 나누며 날을 새웠다. 새벽에 감사가 길동을 쇠사슬로 묶어서 보내는데, 참담한 얼굴에 눈물이 하염없이 흘렀다.

64

이때 팔도에서 다 제각기 길동을 잡았노라 보고하는 글을 나라에 올리니, 사람마다 의혹에 차서 분주하게 길을 가득 메우고 구경하는데 그 수를 알지 못할 정도였다. 임금께서 친히 나오셔서 여덟 길동을 심문하시는데, 여덟 길동이 서로 다투어 말했다.

"네가 무슨 길동이냐? 내가 진짜 길동이로다."

서로 팔을 뽐내며 한데 어우러져 뒹구니 도리어 한바탕 구경거리였다. 조정에 가득한 신하들과 좌우 나장(羅將)[31]도 진짜와 가짜를 구분할 수 없었다. 여러 신하들이 아뢰었다.

"자식을 아비보다 더 잘 아는 사람은 없다 하오니, 이제 홍 아무개를 불러들여 그 서자 길동을 찾아내라 하옵소서."

임금께서 옳다 여기셔서 즉시 홍 아무개를 부르시니 승상이 명을 받고 나와 땅에 엎드렸다. 임금께서 말씀하셨다.

"경이 일찍이 한 길동을 두었다 했는데 이제 여덟이 되었으니 이게 어떤 연고인가? 경이 자세히 가려 이 심문하는 자리를 혼란케 하지 말라."

승상이 눈물을 흘리며 아뢰었다.

"신이 행실을 바르게 하지 못하여 천한 첩을 가까이한 죄로 천한 자식을 두어 전하의 근심이 되옵고 조정이 시끄러우니, 신의 죄가 만 번 죽어도 마땅하옵니다."

승상은 하얗게 센 수염에 눈물을 거듭 흘리며 길동을 꾸짖

---

31) 의금부에 속하여 죄인을 문초할 때 매질하는 일과 귀양 가는 죄인을 압송하는 일을 맡아 보던 관리.

어 말했다.

"네 아무리 불충불효한 놈이라도 위로 성상(聖上)께서 친히 나와 계시고, 아래로 아비가 있거늘, 바로 임금을 모신 앞에서 군부(君父)를 속여 농락하니 그 죄가 흉측하기 이루 말할 수 없구나. 빨리 천명을 받들어 형벌을 받아라. 만일 그러지 아니하면, 네 눈앞에서 내가 먼저 죽어 성상의 크게 분노하신 마음을 만분의 일이라도 덜어야겠다."

그러고는 임금께 아뢰었다.

"신의 천한 자식 길동은 왼편 다리에 붉은 점이 일곱 개 있사오니 이를 증거로 적발하옵소서."

여덟 길동이 동시에 다리를 걷고 서로 자랑하였다. 승상이 진짜와 가짜를 가리지 못하고, 근심스럽고 두려운 마음을 이기지 못하여 기절하거늘, 임금께서 놀라셔서 급히 주위에 명하여 구하려고 해도 살려 낼 길이 없었다. 여덟 길동이 각자 주머니 속에서 대추 같은 알약 두 개씩을 꺼내어 서로 다투어 승상의 입에 넣으니 잠시 후에 살아났다. 여덟 길동이 울며 아뢰었다.

"신의 팔자가 무상하여 홍 아무개의 천한 종의 배를 빌려 태어났사옵니다. 아비와 형을 마음대로 부르지 못하고, 게다가 집안에 시기하는 자가 있어 견디지 못하고 몸을 산림에 의지하여 초목과 함께 늙자 하였더니, 하늘이 밉게 여겨서 도적 무리에 빠지게 되었사옵니다. 일찍이 백성의 재물은 털끝 만큼도 뺏은 적이 없고, 수령의 뇌물과 불의(不義)한 놈의 재물을 빼앗아 먹고, 간혹 나라 곡식을 도적하기는 했으나 임금과 아비가 한몸이니 자식이 아비 것을 좀 먹었다고 도적이라 하겠사옵니까? 어린 자식이 어미 젖 먹는 것과 마찬가지이옵니다. 이는 조정의 소인들이 전하의 슬기로움을 가려 거짓으로 고한 죄지, 신의 죄는 아니옵니다."

임금께서 크게 노하셔서 꾸짖어 말씀하셨다.

"네가 까닭 없는 재물은 빼앗지 아니했다 하면, 합천 해인사 중을 속이고 그 재물을 도적하고, 또 능(陵)에 불을 지르고 무기를 도적하니, 이만큼 큰 죄가 또 어디 있느냐?"

길동 등이 땅에 엎드려 아뢰었다.

"불도(佛道)라 하는 것이 세상을 속이고 백성을 혹하게 하여, 땅을 갈지 아니하고 백성의 곡식을 빼앗으며, 베도 짜지 아니하고 백성의 의복을 속여 입으며, 부모로부터 물려받은 머리털과 피부를 훼손하여 오랑캐 모양을 숭상하며, 임금과 아비를 버리고 세금을 내지 않으니 이보다 더 불의(不義)한 일이 없사옵니다. 군기를 가져간 이유는 신(臣) 등이 산중에 있으면서 병법을 익히다가 만일 난세가 오면 화살과 돌을 무릅쓰고 임금을 도와 태평을 이루고자 함이오며, 불을 놓되 능이 있는 곳에는 불길이 가지 않게 하였사옵니다. 신의 아비가 대대로 나라의 녹(祿)을 받고 충성을 다해 나라에 보답하여 만분의 일이라도 갚지 못할까 염려하거늘, 신이 어찌 외람되게 분에 넘는 마음을 두겠사옵니까? 죄를 따져도 죽음까지 이르지는 않을 텐데, 전하께서 조정의 신하들이 헐뜯는 소리만 들으시고 이렇듯 크게 노하시니 신이 형벌을 기다리지 아니하고 먼저 스스로 죽사오니 노여움을 더시기 바라옵니다."

여덟 길동이 한데 어우러져 죽었다. 주위에서 이상하게 여겨 자세히 보니 진짜 길동은 간 데 없고 허수아비 일곱뿐이었다. 임금께서 길동의 속임수를 보고 더욱 노하셔서 경상 감사에게 공문을 내려 길동을 잡을 것을 더욱 재촉하셨다.

7. 병조판서에 오르다

이때 경상 감사가 길동을 잡아 올리고 마음 둘 곳이 없어 공무를 중지하고 서울 소식을 기다리고 있었는데, 문득 교지(敎旨)[32]가 내려오기에 북쪽 궁궐을 향하여 네 번 절한 후에 펼쳐 보니, 교지에 이런 글이 적혔다.

길동을 잡지 아니하고 허수아비를 보내어 형부(刑部)를 혼란케 했으니, 이는 망령된 수작으로 임금을 속인 죄에 해당할 것이다. 아직은 죄를 따지지 않을 것이니 십 일 내로 길동을 잡으라.

---

32) 임금의 명령을 적은 글.

그 글 뜻이 아주 엄격하였다. 감사가 황공하여 어찌할 바를 모르다가 사방에 명령하여 길동을 찾았다.

하루는 달이 환하게 뜬 밤에 난간에 기대고 있는데, 선화당 (宣化堂)[33] 대들보 위에서 한 소년이 내려와 엎드려 절을 하기에 자세히 보니 곧 길동이었다. 감사가 꾸짖어 말했다.

"너는 왜 갈수록 죄를 키워 구태여 가문에 화를 끼치고자 하느냐? 지금 나라에서 내린 엄명이 막중하니 너는 나를 원망하지 말고 일찌감치 왕명을 받들어라."

길동이 엎드려 대답하였다.

"형님께서는 염려치 마시고 내일 이 동생을 잡아 보내시되, 장교(將校)[34] 중에 부모와 처자식이 없는 자를 가리어 저를 호송하시면 좋은 묘책이 되겠습니다."

감사가 그 이유를 알고자 하나 길동이 대답하지 않았다. 감사는 길동의 생각을 알지 못해도 장차(將差)[35]를 그 말과 같이 뽑아서 길동을 호송하여 서울로 올려 보냈다. 조정에서는 길동이 잡혀 온다는 말을 듣고 훈련도감의 포수 수백 명을 남대문에 매복시켰다.

"길동이 문 안에 들어 오거든 일시에 총을 쏘아 잡으라."

분부하였다.

이때 길동이 비바람같이 잡혀 오고 있었는데, 어찌 이 기미를 알아채지 못하겠는가. 동작리를 지나며 '비우 자' 셋을 써

---

33) 각 도의 관찰사가 사무를 보던 정당(正堂).
34) 조선 시대 각 군영과 지방 관아에 근무하는 하급 군관.
35) 고을 원이나 감사가 심부름 보내는 사람.

공중에 날리며 왔다. 길동이 남대문 안에 들어오니 좌우의 포
수가 일시에 총을 쏘는데, 총구에 물이 가득하여 할 수 없이
계획을 이루지 못하였다. 길동이 대궐문 밖에 이르러 호송해
온 장차를 돌아보고 말했다.

"너희가 나를 호송하여 이곳까지 왔으니 그 죄를 물어도 죽
지는 않을 것이다."

길동이 몸을 날려 수레 아래로 내려가 느릿느릿 걸어갔다.
오군문(五軍門)[36]을 지키는 기병(騎兵)들이 말을 달려 길동을
쏘려 하였으나, 길동은 한양으로 가 버리고 말을 아무리 채찍

질한들 축지(縮地)하는 법을 모르니 어찌하겠는가. 성안의 모든 백성도 그 신기한 수단을 헤아릴 수 없었다. 이날 사대문에 이런 글이 나 붙었다.

홍길동의 평생 소원이 병조판서이오니 전하께서 하해 같은 은택으로 소신에게 병조판서의 직을 내려 주시면 신이 스스로

---

36) 오군영. 조선 시대 다섯 군영. 훈련도감, 총융청, 수어청, 어영청, 금위영을 이름.

잡히겠사옵니다.

이 사연을 조정에서 의논하는데, 어떤 사람은

"길동의 원을 풀어 주어 백성의 마음을 다독거려 주자."

하고, 또 어떤 사람은

"길동은 무도불충(無道不忠)한 도적으로 나라에 조그만 공로 하나 세운 것 없이 새로이 만민을 소동케 하고 성상(聖上)께 근심이나 끼치는 놈인데 어찌 일국의 병조판서 자리를 주겠소?"

하여 의논이 분분하여 결단을 내리지 못했다.

하루는 길동이 동대문 밖의 깊숙하고 구석진 곳으로 가서 육갑신장(六甲神將)을 호령하였다.

"군진의 형세를 이루고 싸울 채비를 하라."

이윽고 두 장교가 공중에서 내려와 몸을 굽혀 인사하고 좌우에 서니, 난데없는 천병만마(千兵萬馬)가 어느 곳에서 오는지는 모르지만 일시에 진을 이루었다. 진 한가운데 황금단(黃金壇)을 삼 층으로 쌓아 올려 길동을 단상에 모시니, 잘 정돈된 군대의 위용은 눈부시고 위엄은 추상같았다. 길동이 황건역사에게 호령하였다.

"조정에서 길동을 헐뜯고 중상하는 자의 심복(心腹)을 잡아들이라."

신장이 명령을 듣고 한참 후에 십여 명을 쇠사슬로 묶어 잡아 오니, 마치 소리개가 병아리 채 오는 모양 같았다. 단 아래에 꿇어 앉히고 죄를 따져 말했다.

"너희는 조정의 좀이 되어 나라를 속이고 구태여 홍길동 장군을 해치고자 하니 그 죄가 마땅히 베어야 할 것이나 목숨이 불쌍하여 용서하겠다."

각각 군대에서 때리는 곤장(棍杖)으로 삼십 대씩 쳐서 내치니 겨우 죽기를 면하였다. 길동이 또 한 신장에게 분부하여 말했다.

"내 몸이 조정에 자리를 잡아 법을 맡았으면 먼저 불법(佛法)을 없애고 각도 사찰을 헐어 없애려 하였는데, 이제 오래지 아니하여 조선국을 떠나야 할 것 같다. 그러나 부모국이라 만리타국에 있어도 잊지 못할 것이다. 지금부터 각 절로 가 혹 세무민(惑世誣民)[37]하는 중놈들을 일제히 잡아 오너라. 재상가의 자식이 세를 등에 업고 괴롭고 힘든 백성을 속여 재물을 빼앗고, 옳지 못한 일을 많이 하면서 마음은 교만하기 이를 데 없으나 궁궐이 깊어 임금의 은총이 구석진 곳까지 미치지 못하고, 간신이 나라의 좀이 되어 성상의 총명을 가리니 매우 한심한 일이 허다하구나. 장안의 호당지도(湖堂之徒)[38]를 낱낱이 잡아들이라."

신장이 명을 듣고 공중으로 날아가더니, 이윽고 중놈 백여 명과 서울 젊은이 십여 인을 잡아들였다. 길동이 위엄을 갖추고 호령하는 소리를 높여 각각 죄를 따져 말했다.

"너희가 다시는 세상을 보지 못하게 할 터이지만, 내 몸이

---

37) 세상을 어지럽히고 백성을 미혹하게 하여 속임.
38) 호당의 무리. 호당은 독서당(讀書堂)의 별칭. 조선 시대 젊은 문관 중 문학에 뛰어난 이를 선발하여 공부하도록 했던 서재.

나라의 명을 받아 국법을 수행하는 것이 아니기에 잠시 유예할 터이니, 앞으로도 만일 고치지 아니하면 너희가 비록 수만 리 밖에 있어도 잡아다가 베리라."

엄한 벌을 한 번만 내리고는 진영 문밖에 내쳤다. 길동이 소와 양을 잡아 군사를 먹여 위로하고, 진용을 정비하여 시끄럽게 떠들지 못하게 금지시키니, 멀리 푸른 하늘에는 흰 해가 고요하고, 팔진(八鎭)에서 일어나는 풍운(風雲)에는 호령이 엄숙하였다. 길동이 술을 내어 반쯤 취한 후에 칼을 잡아 춤을 추니, 칼빛이 번쩍번쩍 햇빛을 희롱하고, 소매는 팔랑팔랑 공중에 날리는구나. 날이 저물었다. 진영의 기세를 다 북돋운 후에 신장을 각각 돌려보내고, 길동은 몸을 날려 활빈당 처소로 돌아왔다.

이후로 다시 길동을 잡으라는 영이 급하게 내렸으나 그 종적을 보지 못하였다. 길동은 도적을 보내어 팔도에서 장안으로 가는 뇌물을 빼앗아 먹으며, 불쌍한 백성이 있으면 창고 곡식을 내어 먹여 살리니, 신출귀몰하는 재주를 사람은 헤아리지 못하였다. 임금께서 근심하셔서 탄식하며 말씀하셨다.

"이놈의 재주는 인력으로 잡지 못하겠구나. 민심이 이렇듯 요동하고 그 재주가 기특하도다. 차라리 그 재주를 취하여 조정에 두어야겠다."

병조판서 직책을 내어 걸고 길동을 부르시니, 길동이 가마를 타고 하인 수십 명을 거느리고 동대문으로 들어왔다. 병조 하인이 호위하여 대궐 아래에 이르니 길동이 엄숙히 절하고 아뢰었다.

"천은이 망극하여 분에 넘치는 은혜로 대사마(大司馬)[39]에 오르니, 망극한 신의 마음이 성은을 만분의 일도 갚지 못할까 황공하옵니다."

길동이 돌아갔다. 이후로는 길동이 다시 소란을 일으키는 일이 없었다. 임금은 각도에 길동을 잡으라고 내린 명을 거두셨다.

삼 년 후에 임금께서 달밤을 맞아 내시들을 거느리고 달빛을 구경하시는데, 하늘에서 한 신선이 오색구름을 타고 내려와 땅에 엎드렸다. 임금께서 놀라서 물으셨다.

"귀인이 누추한 곳에 내려와 무슨 허물을 이르고자 합니까?"

그 사람이 아뢰어 말했다.

"소신은 전임 병조판서 홍길동이옵니다."

임금께서 놀라 길동의 손을 잡고 말씀하셨다.

"그대 그동안 어디를 갔었느냐?"

길동이 아뢰어 말했다.

"산중에 있었는데 이제는 조선을 떠나 다시 전하 뵈올 날이 없으므로 하직 인사차 왔사옵니다. 전하의 넓으신 덕택에 벼 삼천 석만 주시면 전하의 넓으신 덕택에 수천 명의 목숨이 살아나겠사오니, 성은을 바라나이다."

임금께서 허락하시고 말씀하셨다.

"네 고개를 들라. 얼굴을 보고자 하노라."

길동이 얼굴을 들고 눈은 뜨지 아니하며 말했다.

---

39) 병조판서의 별칭.

"신이 눈을 뜨면 놀라실까 하여 뜨지 아니하나이다."

길동이 임금을 한참 동안 모시다가 구름을 타고 가면서 하직하며 말했다.

"전하 덕분에 벼 삼천 석을 얻으니 성은이 갈수록 망극하옵니다. 벼를 내일 서강(西江)⁴⁰⁾으로 운반하여 주옵소서."

그러고는 갔다. 임금께서 공중을 향하여 이윽히 바라보시며 길동의 재주를 못내 아까워하시고, 이튿날 대동미(大同米) 담당관에게 하교하셨다.

"벼 삼천 석을 서강으로 운반하라."

조정의 신하들이 그 까닭을 알지 못하였다. 벼를 서강으로 운반하니 강 위에서 배 두 척이 떠오더니 벼 삼천 석을 싣고 갔다. 길동이 대궐을 향하여 네 번 절하고 하직하였는데, 어디로 가는지 아무도 몰랐다.

---

40) 한수 5강의 하나. 한수 5강은 뚝섬강, 노량강, 용산강, 마포강, 서강을 가리킴.

8. 제도로 옮기고, 을동을 죽이다

이날 길동이 삼천 명의 도적 군사를 거느려 망망대해로 떠났다. 성도[41]라 하는 섬 가운데에 이르러 창고를 짓고, 궁궐을 지어 안정을 꾀하고, 군사로 하여금 농업에 힘쓰게 하고, 각국에 왕래하여 물건을 서로 교환하며, 무예를 숭상하여 병법을 가르치니, 삼 년 안에 무기와 군량이 산같이 쌓이고, 군사가 강하여 대적할 상대가 없었다.

하루는 길동이 군사들에게 분부하여 말했다.

"나는 망당산에 들어가 화살촉에 바를 약을 캐어 오겠다."

길을 떠나 낙천현에 이르니, 그 땅에 만석꾼 부자가 있는데 이름이 백용이었다. 아들은 없고 일찍이 딸 하나를 두었는데,

---

41) 이후로는 모두 '제도'로 나옴. 경판 24장본에서도 '제도'로 나옴.

덕과 용모를 함께 갖추어 그 아름다운 모습에 부끄러워 물고기는 물속으로 잠기고 기러기는 땅에 내려앉을 정도이며, 달을 가리고 꽃을 수줍게 만들 정도였다. 옛 책을 섭렵하여 이백과 두보의 문장을 지을 줄 알았으며, 미모는 장강(莊姜)[42]을 비웃고, 사덕(四德)[43]은 태사(太姒)[44]를 본받아 한마디 말과 한 가지 행동에도 예절이 있으니, 그 부모가 지극히 사랑하여 아름다운 사위를 구하였다. 나이가 열여덟에 이를 때, 하루는 비바람이 크게 일어나 지척을 분별하지 못하고 천둥번개가 진동하더니, 백 소저(小姐)가 온데간데없이 사라졌다. 백용 부부가 놀라고 두려워 거금을 들여 사방으로 찾아도 남은 흔적이 없었다. 백용이 실성한 사람이 되어 거리로 다니며 방을 붙였다.

　　아무라도 내 자식의 거처를 알려 주면 사위를 삼고 재산도 반을 나눠 주겠다.

이때 길동이 망당산에 들어가 약을 캐다가 날이 저문 후에 방황하며 어디로 가야 할지를 모르다가, 문득 한 곳을 바라보니 불빛이 비치며 여러 사람이 떠드는 소리가 나므로, 반가워 그곳으로 찾아가니 수백여 명의 무리가 모여 뛰놀며 즐기고

---

42) 중국 춘추시대 위나라 장공의 부인으로 미인으로 유명함.
43) 부녀자가 갖출 네 가지 덕. 언·덕·공·용(言·德·功·容).
44) 중국 주나라 문왕의 부인이며 무왕의 어머니로 행실이 올바르고 덕이 두터웠음.

있었다. 자세히 보니 사람은 아니요, 짐승이로되 모양은 사람 같았다. 수상한 마음에 몸을 감추고 그 거동을 살피니, 원래 이 짐승의 이름은 을동[45]이었다. 길동이 가만히 활을 잡아 그 윗자리에 앉은 장수를 쏘니 가슴에 똑바로 맞았다. 을동이 크게 놀라 소리를 지르고 달아나므로, 길동이 바로 쫓아 잡고자 하다가 밤이 이미 깊어 소나무를 의지하여 밤을 지냈다. 이튿날 새벽에 살펴보니 그 짐승이 피를 흘렸기에, 피 흔적을 따라 몇 리를 들어가니 큰 집이 있는데 아주 웅장하였다.

문을 두드리니 군사가 나와 길동을 보고 말했다.

"그대는 어떠한 사람이기에 이곳에 왔느냐?"

길동이 대답하였다.

"나는 조선국 사람으로 이 산중에 약을 캐러 왔다가 길을 잃고 이곳에 왔소."

그 짐승이 반기는 기색으로 말했다.

"그대는 의술에 대해 잘 아시오? 우리 대왕이 새로 미인을 얻고 어제 잔치하며 즐기던 중에, 난데없는 화살이 날아와 우리 대왕의 가슴을 맞혀 지금 죽을 지경에 이르렀소. 오늘날 다행이 그대를 만났으니 만일 의술을 알거든 우리 대왕의 병세를 회복시켜 주시오."

길동이 대답했다.

"내 비록 편작(扁鵲)[46]의 재주는 없지만 웬만한 병은 의심

45) 경판 24장본에서는 '울동'임.
46) 중국 전국시대의 명의.

치 않고 고치오."

그 군사가 크게 기뻐하며 안으로 들어갔다. 이윽고 청하므로 길동이 들어가 앉은 후에 그 우두머리 짐승이 신음하며 말했다.

"제 목숨이 조석(朝夕)을 이어가지 못하고 있었는데 하늘과 신령님의 도움으로 선생을 만났으니 선약(仙藥)을 가르쳐 남은 목숨을 구해 주십시오."

길동이 그 상처를 살피고 말했다.

"이는 어렵지 않은 병이오. 내게 좋은 약이 있으니 한번 먹으면 비단 상처에 이로울 뿐 아니라, 온갖 병이 깨끗이 없어지고 영원히 죽지 않을 것이오."

을동이 크게 기뻐하며 말했다.

"제가 스스로 몸을 삼가지 못하여 이렇게 병을 얻어 목숨이 다해서 황천(黃泉)으로 돌아가게 되는 줄 알았는데 하늘이 도우사 명의를 만났으니, 선생은 급히 선약(仙藥)을 시험해 주십시오."

길동이 비단 주머니를 열고 약 한 봉지를 꺼내어 술에 타주니 그 짐승이 받아 마셨다. 이윽고 몸을 뒤척이며 소리를 크게 질러 말했다.

"내가 너하고 원수진 일이 없는데 무슨 일로 나를 해하여 죽이려 하느냐?"

자기 동생들을 불러 말했다.

"천만 뜻밖에 흉적을 만나 목숨이 끊어지게 되었으니 너희들은 이놈을 놓치지 말고 나의 원수를 갚으라."

　이어 죽으니, 모든 을동이 한꺼번에 칼을 들고 달려 나와 꾸
짖어 말했다.

　"내 형을 무슨 죄로 죽이느냐? 내 칼을 받아라."

　길동이 비웃으며 말했다.

　"제 수명이 그뿐이다. 내가 어찌 죽였겠는가?"

　을동이 크게 화를 내며 칼을 들고 길동을 치려 하므로 길
동이 대적하려 해도 손에 작은 칼 하나 없어 위급한 처지였기
에 몸을 날려 공중으로 달아나니, 을동이 본래 수만 년 묵은
요귀다 보니 풍운(風雲)을 부리고 조화가 무궁하였다. 무수히

많은 요귀들이 바람을 타고 올라오니, 길동이 할 수 없이 육정 육갑을 불렀다. 문득 공중으로부터 수많은 신장이 내려와 모든 을동을 묶어 땅에 꿇리니, 길동이 그놈이 잡았던 칼을 빼앗아 수많은 을동을 다 베고, 바로 들어가 여자 세 명을 죽이려 하니, 그 여자들이 울면서 말했다.

"첩들은 요귀가 아닙니다. 불행히도 요귀에게 잡혀 와 죽고자 하였으나 틈을 얻지 못하여 죽지 못하였습니다."

길동이 그 여자의 이름을 물으니, 하나는 낙천현 백용의 딸이요, 또 두 여자는 정 씨와 통 씨 두 사람의 딸이었다. 길동이 세 여자를 찾아왔기에 백용은 너무나 기쁘고 흐뭇하여 큰 돈을 들여 잔치를 베풀고 마을 사람들을 모아 놓고 홍길동을 사위로 삼으니, 사람마다 칭찬하는 소리가 진동하였다. 또 정씨와 통 씨 두 사람도 길동을 청하여 말했다.

"은혜를 갚을 길이 없으니 각각 딸로써 시첩(侍妾)[47]을 삼으시길 허락합니다."

길동이 나이 이십이 되도록 부부 생활의 즐거움을 모르다가 하루 아침에 세 부인을 만나 가까이 두니 사랑하는 정이 너무나 두터워 어디 비할 데가 없었다. 백용 부부도 못내 사랑스러워했다. 따라서 길동이 세 부인과 백용 부부까지 일가친척을 다 거느리고 제도로 들어가니, 모든 군사가 강변에 나와 맞아 먼길에 평안히 다녀오신 것을 위로하고, 호위하여 제도로 들어와 큰 잔치를 베풀고 즐겼다.

---

47) 시중을 드는 첩.

9. 아버지의 죽음

세월이 흘러 제도에 들어온 지 거의 삼 년이 되었다.

하루는 길동이 달빛을 사랑하여 달 아래 서성이다가 문득 별자리를 살피니, 아버지가 돌아가실 줄 알고 길게 통곡하니, 백 씨가 물었다.

"낭군께서는 평생 슬퍼하는 일이 없더니 오늘 무슨 일로 눈물을 흘리십니까?"

길동이 탄식하며 말했다.

"나는 천지간 불효자요. 나는 원래 이곳 사람이 아니고 조선국 홍 승상의 천첩 소생이요. 집안의 천대가 심하고 조정에도 참여치 못하므로, 장부의 답답한 심정을 참지 못하여 부모를 하직하고 이곳에 와 은신하였지만, 부모의 안부를 염려하고 걱정하였는데, 오늘 별자리를 살피니 아버지의 수명이 다해 조만간 세상을 뜨실 것이오. 내 몸이 만 리 밖에 있어 미처 거기에 도달하지 못해 생전에 아버지를 뵙지 못하게 되니 그것을 슬퍼하오."

백 씨가 듣고 속으로 탄복하며 말했다.

'그 근본을 감추지 아니하니 장부로다!'

거듭거듭 위로하였다.

이때 길동이 군사를 거느리고 일봉산에 들어가 산의 형세를 살펴 명당을 정하고, 날을 가려 공사를 시작하여 좌우 산골짜기와 묘를 마치 능과 같이 하고 돌아와 모든 군사를 불러 놓고 말했다.

"몇 월 며칠 큰 배 한 척을 준비하여 조선 서강에 와 기다려라."

하고,

"부모님을 모셔 올 것이니 미리 알아 준비하라."

모든 군사가 명령을 듣고 물러가 일을 시작했다. 이날 길동이 백 씨와 정 씨 통 씨 두 사람을 하직하고 작은 배 한 척을 재촉하여 조선으로 향하였다.

각설(却說)[48], 이때 승상이 나이 구십에 갑자기 병을 얻어 구월 보름날에 더욱 위중해져 부인과 장자 길현을 불러 말했다.

"내 나이 구십이니 이제 죽는다고 해도 무슨 한이 있겠느냐마는, 길동이 비록 천첩 소생이나 또한 나의 피붙이다. 한번 집을 나간 후로 생사를 알지 못하고 내 임종도 상면치 못하니

---

48) 고전소설의 상투어. 이야기를 전환할 때 씀.

어찌 슬프지 아니하겠는가. 나 죽은 후에라도 길동의 어미를 대접하여 편케 하며, 부디 지난 잘못을 생각하여 만일 길동이 들어오거든 천비 소생으로 여기지 말고 동복형제(同腹兄弟)[49] 같이 하여 부모의 유언을 저버리지 말라."

길동의 어미를 불러

"가까이 앉으라."

하며 손을 잡고 눈물을 흘리며 말했다.

"내 너를 잊지 못함은, 길동이 나간 후에 소식이 끊어져 살았는지 죽었는지 몰라 내 마음에도 이같이 그리움이 간절한데 네 마음이야 어찌 헤아릴 수 있겠는가. 길동은 평범한 인물이 아니니, 만일 살아 있으면 너를 저버릴 리가 없을 것이다. 부디 몸을 가볍게 버리지 말고 소중히 보살펴 잘 지내라. 내 황천에 돌아가도 눈을 감지 못하리라."

이어 돌아가니, 부인이 기절하고 주변 사람들이 다 망극하여 곡소리가 진동하였다. 길현이 슬픈 마음을 누르지 못하여 눈물을 비 오듯 흘리며, 부인을 붙들어 위로하여 진정시킨 후에 초상의 여러 절차를 예로써 극진히 차렸다. 길동의 어미가 더욱 슬퍼하니 그 모습이 딱하고 불쌍하여 차마 보지 못하였다. 이어 졸곡(卒哭)[50] 후에 명산의 좋은 묏자리를 구하여 안장하려고, 곳곳에 사람을 보내 여러 지관(地官)을 데리고 묏자리를 사방으로 구하는데 마땅한 곳이 없어 근심하였다.

---

49) 같은 어머니에게서 태어난 형제.
50) 삼우제 뒤에 지내는 제사. 사람이 죽은 지 석 달 만에 오는 첫 정일(丁日)이나 해일(亥日)에 지냄.

　이때 길동이 서강에 다다라 배에서 내려 승상댁에 이르러 바로 승상 영위(靈位)[51] 앞에 들어가 엎드려 통곡하니, 상주가 자세히 보니 바로 곧 길동이었다. 대성통곡 후에 길동을 데리고 바로 내당에 들어가 부인에게 고하니, 부인이 크게 놀라 기뻐하며 길동의 손을 잡고 눈물을 흘리며 말했다.

　"네가 어려서 집을 떠나 이제야 들어오니 지난 일을 생각하면 오히려 부끄럽구나. 그런데 너는 그사이 삼사 년간 종적을

---

51) 상가에서 모시는 혼백이나 가주(假主)의 신위.

아주 끊고 어디로 갔더냐? 대감이 임종시 말씀이 이러이러하시고 너를 잊지 못하며 돌아가셨으니 어찌 원통치 아니하겠는가?"

이어 그 어미를 불렀다. 그 어미가 길동이 온 줄 알고 급히 들어와 모자가 서로 대하니 흐르는 눈물을 금치 못하였다. 길동이 부인과 어미를 위로한 후 형을 보고 말하였다.

"제가 그동안 산중에 은거하여 지리에 뜻을 두고 익혀 대감의 말년유택(末年幽宅)⁵²⁾을 정한 곳이 있습니다. 잘 모르겠지만 이미 점쳐 둔 자리가 있습니까?"

그 형이 이 말을 듣고 더욱 반겨 아직 정하지 못했음을 이야기하고, 모든 사람이 모여 밤이 새도록 회포를 풀었다.

이튿날 길동이 그 형을 모시고 한 곳에 이르러 가리키며 말했다.

"이곳이 제가 정한 땅이옵니다."

길현이 사방을 살펴보니, 겹겹이 쌓인 돌산이 험악하고, 잇따라 늘어선 옛무덤이 수없이 많으므로 속으로 불만스러워 말했다.

"동생의 높은 소견은 알지 못하지만 내 마음은 이곳에 모실 생각이 없으니 점을 쳐 다른 땅을 알아보라."

길동이 거짓으로 탄식하며 말했다.

"이 땅이 비록 이러하오나 여러 대에 걸쳐 장수와 재상을 낼 땅인데 형님 마음에 들지 않으니 안타까울 뿐입니다."

---

52) 무덤.

도끼를 들어 몇 척을 깨뜨리니, 오색 기운이 일며 청학 한 쌍이 날아갔다. 그 형이 이 거동을 보고 크게 뉘우쳐 길동의 손을 잡고 말했다.

"어리석은 형의 소견 탓에 이루 말할 수 없이 좋은 묏자리를 잃었으니 어찌 애닯지 아니하겠는가? 바라건대 다른 땅은 없느냐?"

길동이 말했다.

"이곳 말고 한 곳이 있긴 하나 길이 수천 리라 그것이 염려되옵니다."

길현이 말했다.

"이제 수만 리라도 부모의 백골이 평안할 곳이 있으면 그 멀고 가까움을 따지지 않겠다."

길동이 함께 집에 돌아와 그 이야기를 하니, 부인이 못내 안타까워했다. 날을 가리어 대감 영위를 모시고 섬으로 향할 때, 길동이 부인에게 여쭈었다.

"소자가 돌아와 모자의 정을 다 펴지 못하옵고, 또 대감 영위에 조석공양(朝夕供養)[53]을 하기 어려우니 이번 길에 어미와 함께하면 좋을까 합니다."

부인이 허락했다.

그날 출발하여 서강에 다다르니 여러 군사들이 큰 배 한 척을 대기시켜 놓고 기다리고 있었다. 상여를 배에 모신 후에 짐 부리는 종들을 다 보내고 그 형과 어미를 모시고 만경창파(萬

---

53) 아침저녁으로 웃어른이나 영위에 음식을 올림.

頃蒼波)[54]로 떠나가니 어디로 향하는지 알 수 없었다. 며칠 후 섬에 이르러 상여를 대청마루 위에 모시고, 날을 가려 일봉산에 올라 장례를 치렀는데, 묏자리를 만드는 일이 마치 능묘를 꾸미는 듯했다. 그 형이 너무 분에 넘친다 싶어 놀라니, 길동이 말했다.

"형님은 너무 의심치 마십시오. 이곳은 조선 사람이 출입하는 곳이 아니며 그 자식 되는 자가 부모를 후하게 장사 지내도 죄 될 것이 없습니다."

안장을 끝낸 후에 섬 가운데로 돌아와 수개월을 머물렀다. 그 형이 고향으로 돌아가고자 하므로 길동이 길 떠날 채비를 차려 이별을 고하면서 말했다.

"형님을 다시 볼 날이 막막합니다. 어미는 이미 이곳에 왔으니 모자의 정리(情理)에 차마 떠나지 못하며, 형님은 대감을 생전에 모셨으니 더 한이 될 것이 없을 것입니다. 아버님 제사는 제가 받들어 불효의 죄를 만분의 일이나 덜까 합니다."

함께 산소에 올라 하직하고 내려와 길현이 길동의 어미와 백 씨를 이별하는데, 서로 다시 만날 것을 약속하고는 못내 애틋하게 여겼다. 작은 배 한 척을 재촉하여 고국으로 향하기 전, 길동의 손을 잡고 말했다.

"슬프다! 이별이 오래겠구나. 아우는 나의 사정을 살펴 생전에 대감 산소를 다시 보게 하라."

하염없이 눈물을 흘려 옷깃을 적시었다. 길동이 또한 눈물

---

54) 한없이 넓고 넓은 바다.

흘리며 말했다.

"형님은 고국에 돌아가 부인을 모시고 만세무강하소서. 다시 모일 기약을 정하지 못하니, 남북 수천 리에 나뉘어서 강금(姜衾)의 이불[55]은 차게 식고, 척령(鶺鴒)[56]의 나래는 고단할 뿐입니다. 속절없이 북으로 가는 기러기를 탄식하며, 동으로 흐르는 물을 바라볼 따름이니, 살아서는 떨어져 있다가 죽어서는 아주 이별하게 되었으니 그 심정이야 서로 한가지일 것입니다. 아무리 굳은 의지인들 차마 견딜 수 있겠습니까?"

두 줄 눈물이 말소리를 쫓아 떨어지니, 진실로 상심만 가득찬 한마디였다. 이들 때문에 강물이 소리를 그치고, 떠가는 구름이 머무는 듯하니 차마 서로 떠나지 못하였다. 마지못해 위로하고 배를 띄워, 몇 개월 만에 길현이 고국에 돌아와 모부인을 만나고, 산소 사연이며 그동안 있었던 일들을 낱낱이 이야기하니, 부인도 못내 애닯아하였다.

---

55) 중국 후한의 강굉이 동생인 중해, 계강와 같이 덮은 이불. 형제가 이불을 같이 덮고 자며 화목하게 어머니를 섬김을 뜻함.
56) 할미새. 형제간에 우애가 두터워 어려움에 함께 잘 대처함을 상징함.

10. 율도국 정벌

　각설, 길동이 그 형과 이별한 후에 군사들에게 권하여 농업에 힘쓰고 군법을 준수하면서 그럭저럭 삼년상을 지내니, 양식은 넉넉하고 수만 군졸은 무예와 말달리고 걷는 데 있어 천하에 최강이었다.

　근처에 한 나라가 있으니 이름은 율도국이었다. 중국을 섬기지 아니하고 수십 대를 자손 대대로 이어 오며 널리 덕으로 다스리니, 나라가 태평하고 백성이 넉넉하였다. 길동이 군사들과 의논하며 말했다.

　"우리가 어찌 이 섬만 지키며 세월을 보내겠는가? 이제 율도국을 치고자 하니 각각 소견이 어떠한가?"

　모든 사람이 즐겨 원하지 않는 사람이 없었다. 즉시 날을 잡아 군사를 일으키는데, 세 명의 호걸로 선봉을 세우고, 김인

수로 후군장을 삼고, 길동은 스스로 대원수가 되어 중영을 지휘하니, 기병이 오천이요, 보병이 이만이었다. 징과 북, 군사 들 함성에 강산이 흔들리고, 깃발이며 칼과 창은 해와 달을 가리웠다. 군사들을 재촉하여 율도국으로 향하니, 누구도 당해 낼 자가 없어 기꺼이 환영하여 성문을 열고 항복하였다. 수개월 동안에 칠십여 성을 평정하니 그 위엄이 온 나라에 진동하였다. 도성 오십 리 밖에 진을 치고 율도 왕에게 격문(檄文)을 전하니 그 내용이 이러했다.

의병장 홍길동은 삼가 글월을 율도 왕 좌하(座下)[57]에 드리오니, 나라는 한 사람이 오래 지키지 못하는 것이오. 이런 까닭으로 은나라의 시조 성탕은 하나라의 걸왕을 치고 주나라의 시조 무왕은 은나라의 주왕를 쫓아냈으니, 다 백성을 위하여 어지러운 시대를 평정했던 것이오. 이제 의병 이십만을 거느려 칠십여 성을 항복시키고 이에 이르렀으니, 왕은 대세를 능히 감당할 만하면 자웅을 겨루어 보고, 세력이 딸리면 일찍 항복하여 하늘의 명을 받으시오.

다시 위로하여 말했다.

백성을 위하여 쉬 항복하면 한 지방의 벼슬을 맡겨 그대의

---

57) '앉는 자리의 아래'라는 뜻으로, 편지에서 윗사람이나 친구를 높여 그의 호칭이나 이름 아래에 쓰는 말.

사직(社稷)을 망하게 하지는 않겠소.

이때 율도 왕은 뜻밖에 이름없는 도적이 나타나 칠십여 주를 항복받았는데 향하는 곳마다 대적도 못해 보고 도성까지 침범당하는 지경에 이르렀다. 비록 지혜 있는 신하라도 아무 대책도 내놓지 못하는 데다가 문득 격문까지 들어오니, 조정의 모든 신하가 어쩔 줄 모르고 장안이 흔들렸다. 여러 신하가 의논하여 말했다.

"이제 도적의 대세를 감당하지 못할 것입니다. 싸우지 말고 도성을 굳게 지키면서 기병을 보내어 그 군수품과 군량을 나르는 길을 막으면, 적병이 나와서 싸움도 못하고 또 물러갈 길도 없을 것이니, 몇 달이 못 되어 적장의 머리를 성문에 달 수 있을 것입니다."

의논이 분분한데, 수문장이 급히 고하여 아뢰었다.

"적병이 벌써 도성 십 리 밖에 진을 쳤습니다."

율도 왕이 크게 분노하며 정병 십만을 뽑아 친히 대장이 되고 삼군을 재촉하여 호수를 막아 진을 쳤다.

이때 길동이 지형을 살핀 후에 여러 장수와 의논하여 말했다.

"내일 오시(午時)58)면 율도 왕을 사로잡을 것이니 군령을 어기지 말라."

여러 장수를 나누어 보내면서, 세 호걸을 불러 말했다.

---

58) 낮 11시~1시.

"그대는 군사 오천을 거느려 양관 남쪽에 매복하였다가 호령을 기다려 이리이리하라."

후군장 김인수를 불러 말했다.

"그대는 군사 이만을 거느려 양관 우편에 매복하였다가 호령을 기다려 이리이리하라."

또 좌선봉 맹춘을 불러 말했다.

"그대는 용맹스러운 기병 오천을 거느리고 율왕과 싸우다가 거짓으로 패하여 왕을 유인하여 양관으로 달아나라. 병사들이 뒤쫓아 양관 어귀에 들어오거든 이리이리하라."

이어 그에게 대장의 깃발과 백모황월(白旄黃鉞)[59]을 주었다.

이튿날 새벽에 맹춘이 병영의 문을 크게 열고 대장 깃발을 앞에 세우고 외쳤다.

"무도한 율도 왕이 감히 천명(天命)에 항거하니 감히 나와 대적할 재주가 있거든 빨리 나와 자웅을 겨루자."

적진의 문으로 세차게 달려들며 힘과 재주를 뽐내니, 적진의 선봉 한석이 그 소리에 응해 말을 달려 나오며 외쳤다.

"너희는 어떠한 도적으로 임금의 위엄도 모르고 태평 시절을 분란케 하느냐? 오늘 너희를 사로잡아 민심을 편안케 하리라."

말을 마치자 두 장수가 맞서서 싸웠는데, 몇 합 겨루지도 않았는데 맹춘의 칼이 빛나며 한석의 머리를 베었다. 맹춘이 한석의 머리를 들고 좌충우돌하며 말했다.

---

59) 희게 빛나는 창과 누렇게 빛나는 도끼.

"율도 왕은 죄 없는 장졸을 다치게 하지 말고 빨리 나와 항복하여 남은 목숨을 구하라."

율도 왕은 선봉이 패하는 것을 보고 분함을 이기지 못하여, 녹색 도포와 구름무늬 갑옷을 입고 구리로 만든 투구를 쓰고, 왼손에 방천극(方天戟)[60]을 들고 천리마를 재촉하여 진영 앞에 나서며 외쳤다.

"적장은 잔말 말고 나의 창을 받으라."

급히 맹춘을 택하여 싸우니, 십여 합에 맹춘이 패하여 말머리를 돌려 양관으로 향하니 율도 왕이 꾸짖어 말했다.

"적장은 달아나지 말고 말에서 내려 항복하라."

왕이 말을 재촉하여 맹춘을 따라 양관으로 가는데, 적장이 골짜기 어귀로 들어가며 무기를 버리고 산골짜기로 달아났다. 율도 왕이 무슨 나쁜 계략이 있는가 의심하다가 말했다.

"네가 비록 간사한 꾀를 부린들 내가 어찌 겁내겠는가?"

군사를 호령하여 급히 뒤따랐다.

이때 길동이 지휘대에서 율도 왕이 양관 어귀에 들어가는 것을 보고, 신병(神兵) 오천을 호령하여 대군과 합세하여 양관 어귀에 팔진(八陣)을 쳐 왕이 돌아갈 길을 막았다. 율도 왕이 적장을 쫓아 골짜기에 들어오자 포(砲)를 쏘는 소리 나며 사방에 숨어 있던 군사들이 합세하니 그 세력이 마치 풍우(風雨) 같았다. 율도 왕이 그제야 꾀에 빠진 줄 알았으나 힘이 딸려 군사를 되돌려 나오니, 양관 어귀 즈음에 길동의 큰 부대

---

60) 언월도나 창 모양으로 만든 무기.

가 길을 막아 진을 치고 있는데, 항복하라 하는 소리가 천지를 진동시켰다. 율도 왕이 힘을 다하여 진의 문을 헤치고 들어가는데, 갑자기 비바람이 크게 불고 천둥 번개가 진동하며 가까운 거리도 못 알아보니, 군사들이 크게 어지러워 어디로 가야 할지를 몰랐다. 길동이 신병을 호령하여 적장과 군졸을 일시에 결박하였다. 율도 왕이 어쩔 줄 모르고 크게 놀라 급히 헤쳐 나가려 하였지만 팔진을 어떻게 벗어나겠는가? 말 한 필 창 한 자루로 동서(東西)도 모르고 이리저리 달리니, 길동이 여러 장수를 호령하여 결박하라 하는 소리가 서릿발 같았다. 율도 왕이 사방을 살펴보니 따르는 군사 하나 없고 스스로 벗어나지 못할 줄 알고는 분함을 이기지 못하여 스스로 목숨을 끊었다.

길동이 삼군(三軍)을 거느려 승전고(勝戰鼓)를 울리며 본진으로 돌아와 음식을 베풀어 군사를 위로한 후에, 왕의 예를 갖춰 율도 왕을 장사하고 삼군을 재촉하여 도성을 에워쌌다. 율도 왕의 장자가 흉한 소식을 듣고 하늘을 우러러 탄식하며 자결하니, 모든 신하가 어쩔 수 없이 율도국의 새수(璽綬)[61]를 받들어 항복하였다. 길동이 대군을 몰아 도성에 들어가 백성들을 평정하고 위로하며, 율도 왕의 아들 또한 왕의 예를 갖춰 장사 지냈다. 각 읍에 큰 사면을 내리고 죄인을 다 석방하며, 창고를 열어 배고픈 백성을 먹이니, 온 나라에 그 덕을 치하하지 않는 이가 없었다.

---

61) 임금의 도장.

날을 택하여 왕위에 오르고, 아버지 홍 승상을 추존(追
尊)[62]하여 태조대왕이라 하고 능 이름을 현덕능이라 하며, 그
모친을 왕대비에 봉했다. 백용은 부원군에 봉하고, 백 씨는 중
전왕비에 봉하고, 정 씨 통 씨 두 사람은 정숙비에 봉하였다.
세 호걸은 병조판서 대장군으로 봉하여 병마를 총독하게 하
고, 김인수는 청주 절도사로 삼고, 맹춘은 부원수에 임명하고,
남은 여러 장수들에게 차례로 상을 내려 주니 한 사람도 원통
하다 말하는 이 없었다. 새 왕이 왕위에 오른 후에 시절이 태
평하여 풍년이 들고, 나라와 백성이 편안하여 사방에 일이 없
고, 임금이 베푼 덕이 온 나라에 퍼져 길거리에 물건이 떨어져
있어도 주워 가는 이가 없었다.

태평으로 세월을 보내더니, 수십 년 후에 대왕대비가 승하
(昇遐)하시니 그해 일흔셋이었다. 왕이 못내 슬퍼하여 예를 갖
춰 장례를 지내니, 그 효성에 신하와 백성들이 감동하였다. 대
왕대비 또한 현덕릉에 안장하였다. 왕이 아들 셋 딸 둘을 두
니 장자 항이 제 아버지의 풍채와 태도를 지닌 터라, 신하와
백성 모두 산봉우리같이 우러렀다. 왕이 장자를 태자에 봉하
고 여러 고을에 사면을 크게 내린 후 태평연(太平宴)을 베풀고
즐기니, 왕의 나이 일흔둘이었다. 술을 내어 반쯤 취한 후에
칼을 잡고 춤추며 이렇게 노래하였다.

칼을 잡고 오른편에 비스듬히 기대니 남쪽에 큰 바다는 몇

---

62) 왕위에 오르지 못하고 죽은 이에게 왕의 칭호를 올림.

만 리 밖인가.

　대붕(大鵬)[63]이 날아가니

　회오리바람이 이는구나.

　춤추는 소매는 바람을 따라 휘날리니

　해 돋는 동쪽과 해 지는 서쪽이로다.

　어지러운 세상을 쓸어버리고 태평을 이루었으니

　상서로운 구름이 일어나고 상서로운 별이 비치는도다.

　용맹한 장수가 사방을 지키고 있음이여!

　도적이 국경을 엿볼 리가 없도다.

이날 왕위를 태자에게 전하고 다시 각 읍에 큰 사면을 내렸다.

도성 삼십 리 밖에 월영산이 있는데, 예로부터 신선이 득도한 자취를 가끔 볼 수 있었다. 갈홍(葛洪)[64]이 연단(煉丹)[65]하던 부엌이 있고, 마고(麻姑)[66]가 승천하던 바위도 있어, 기이한 화초(花草)와 한가로운 구름이 항상 머무는 곳이었다. 왕이 그 산수를 사랑하고 적송자(赤松子)[67]를 따라 놀고자 하여, 그 산중에 삼간누각(三間樓閣)을 지어 백 씨 중전과 더불

---

63) 하루에 구만 리를 날아간다는 상상 속의 큰 새.
64) 중국 동진의 도사. 연단술(煉丹術)에 조예가 깊었음.
65) 옛날 중국에서 도사가 진사(辰砂)로 황금이나 약 같은 것을 만들었다고 하는 일종의 연금술.
66) 중국 설화에 나오는 선녀. 새 발톱같이 긴 손톱을 가지고 있었다 함.
67) 중국 고대 신선의 이름.

어 거처하며, 곡식을 일절 물리치고 천지정기(天地精氣)를 마셔 신선이 되는 도를 배웠다. 태자가 왕위에 올라 한 달에 세 번씩 거동하여 부왕과 어머니에게 문안 인사를 올렸다.

하루는 천둥번개가 천지를 흔들고 오색구름이 월영산을 둘렀다. 이윽고 천둥 소리 그치고 천지가 환하게 밝아지며 선학(仙鶴) 소리가 자자하더니, 대왕과 중전이 간 곳이 묘연하였다. 왕이 급히 월영산에 올라가 보니 종적이 막연하여, 그 슬픈 마음을 이기지 못하고 공중을 향하여 절절이 목 놓아 울었다. 대왕의 두 신위를 현능에 거짓 장사를 지내니, 사람들이 다 일러 말했다.

"우리 대왕은 선도(仙道)를 닦아 백일승천(白日昇天)[68] 하셨다."

왕이 백성을 사랑하여 덕으로 베푸니 온 나라가 태평하여, 풍년이 들어 태평한 세월을 즐기는 노래가 곳곳에서 울려 퍼지니, 성군의 자손이 대대로 이어받아 태평스러운 나날을 보냈다.

조선 홍 승상 댁 대부인이 말년에 돌아가니, 장자 길현이 예절을 극진히 하여 선산의 남은 기슭에 장례하고 삼년상을 지낸 후, 조정에 벼슬을 얻었다. 처음 벼슬은 한림학사에 대간(臺諫)[69]을 겸하고, 연속으로 승진하여 병조정랑에서 홍문관 교리와 수찬을 겸하고, 연달아 승진하여 승상까지 지냈다.

---

68) 정성스럽게 도를 닦아 육신을 가진 채로 신선이 되어 대낮에 하늘로 올라감.
69) 벼슬 이름. 조선 시대에 대간과 간관을 아울러 이르던 말.

이렇듯 복이 터져 삼정승과 육판서를 지내니 그 영화가 온 나라에 으뜸이나, 매일 부모의 산소를 생각하고 동생을 보고 싶어 하는 마음이지만, 남북에 길이 갈리어 슬퍼해 마지 않았다.

아름답구나! 길동이 행한 일들이여! 자신이 원한 것을 흔쾌하게 이룬 장부로다. 비록 천한 어미 몸에서 태어났으나 가슴에 쌓인 원한을 풀어 버리고, 효성과 우애를 다 갖춰 한 몸의 운수를 당당히 이루었으니, 만고(萬古)에 희한한 일이기에 후세 사람에게 알리는 바이다.

홍길동전

경판 24장본

1. 길동의 탄생

화설(話說)[1],

조선조 세종대왕 시절에 한 재상이 있었으니, 성은 홍이요 이름은 아무개였다. 대대로 유명한 가문의 자손으로 어린 나이에 과거에 급제하여 벼슬이 이조판서에 이르니, 그 명성이 조정에 으뜸이요 충효를 겸비하기로 그 이름이 온 나라에 진동하였다. 일찍이 두 아들을 두었는데, 한 아들은 이름이 인형이니 정실 유 씨 소생이요, 또 한 아들은 이름이 길동이니 몸종 춘섬의 소생이었다.

공이 길동을 낳기 전에 꿈을 꾸었다. 갑자기 천둥 번개가 진동하고 청룡이 수염을 거꾸로 하고 공에게 달려들거늘, 놀

---

1) 고전소설의 상투어. 이야기를 처음 시작할 때 씀.

라서 깨어 보니 한바탕 꿈이었다. 공이 마음속으로 크게 기뻐하며 생각했다.

'내 이제 용꿈을 얻었으니 반드시 귀한 자식을 낳으리라.'

즉시 내당으로 들어가니 부인 유씨가 일어나 맞이하거늘, 공이 흐뭇한 마음으로 그 고운 손을 이끌어 사랑을 나누고자 하였으나, 부인이 정색을 하고 말하였다.

"상공께서 그 체면과 위상이 높으시거늘 어리고 경박한 사람의 비루한 짓을 하고자 하시니, 저는 따르지 않겠습니다."

그러고는 손을 뿌리치고 나가 버렸다.

공이 매우 무안하고 분한 기운을 참지 못하여 바깥채로 나와 부인의 어리석음을 한탄하였다. 마침 몸종 춘섬이 차를 올리거늘, 고요한 분위기를 틈타 춘섬을 이끌고 곁방으로 들어가서 사랑을 나누니, 이때 춘섬의 나이 열여덟 살이었다. 춘섬이 한번 몸을 허락한 후로는 문밖으로 나가지 아니하고 다른 사람을 사귈 뜻이 없으니, 공이 기특하게 여겨 첩으로 삼았다. 과연 그달부터 태기가 있어 열 달 만에 옥동자를 낳으니, 기골이 비범하여 정녕 영웅호걸의 기상이었다. 공이 한편으로는 기뻐하나 정실부인에게서 태어나지 못함을 한탄하였다.

2. 아버지를 아버지라고 부르지 못하다

길동이 점점 자라서 여덟 살이 되니, 총명함이 보통 사람을 능가하여 하나를 들으면 백을 알았다. 공이 더욱 사랑하고 귀중하게 여겼지만 근본이 천한지라, 길동이 아버지를 아버지라고 형을 형이라고 부르면 곧 꾸짖어 못하게 하였다. 길동은 열 살이 넘도록 감히 아버지와 형을 부르지 못하고, 하인들에게마저 천대받는 것을 뼈에 사무치도록 원통하게 여겨 마음을 바로잡지 못하였다.

어느 가을 구월 보름날, 달빛은 밝게 비치고 맑은 바람은 쓸쓸하게 불어와서 사람의 마음을 울적하게 했다. 길동이 서당에서 글을 읽다가 문득 책상을 밀치고 탄식하며 말했다.

"대장부가 세상에 나서 공맹을 본받지 못하면 차라리 병법을 외워, 대장군의 인장을 허리춤에 비스듬히 차고 동과 서로 정벌하여, 나라에 큰 공을 세우고 이름을 만대에 빛내는 것이 장부로서 흔쾌히 할 일이다. 나는 어찌하여 한 몸이 외롭고, 아버지와 형이 있건만 아버지와 형이라고 부르지도 못하니 심장이 터질 것 같구나. 어찌 원통하지 아니하리오!"

말을 마치고 뜰에 내려가서 검술을 공부하였다. 마침 공이 또한 달빛을 구경하다가 길동이 배회하는 것을 보고 즉시 불러 물었다.

"너는 무슨 흥이 있어서 밤이 깊도록 자지 아니 하느냐?"

길동이 공경하며 대답했다.

"소인이 마침 달빛을 사랑하기 때문입니다. 하늘이 만물을 만드실 때 그중 오직 사람이 귀합니다만, 소인에게는 귀함이 없으니, 어찌 사람이라 하겠습니까?"

공이 그 말뜻을 짐작했지만, 짐짓 책망하여 말했다.

"네 무슨 말을 하는 것이냐?"

길동이 거듭 절하고 말씀드렸다.

"소인이 평생 서러워하는 바는, 소인도 대감의 정기를 받아 당당한 남자가 되었으니, 아버님이 낳으시고 어머님이 기르신 은혜가 깊은데, 그 아버지를 아버지라 못하고 그 형을 형이라 못하니, 어찌 사람이라 하겠습니까?"

길동이 눈물을 흘려 적삼을 적셨다. 공이 다 듣고 나서 비록 길동이 불쌍하지만, 그 뜻을 위로하면 마음이 방자해질 것을 염려하여 크게 꾸짖었다.

"재상 집안에 천한 종의 몸에서 태어난 자식이 너뿐이 아니거늘, 네 어찌 방자함이 이와 같으냐? 앞으로 이런 말을 또다

시 하면 내 정녕 너를 눈앞에 두고 보지 않겠느니라."

길동이 감히 한마디도 더 고하지 못하고 다만 엎드려 눈물을 흘릴 뿐이었다. 공이 물러가라 명령하니, 길동이 방으로 돌아와 한없이 슬퍼하였다. 길동이 본래 재주가 뛰어나고 마음 씀씀이가 넓은데도, 마음을 진정시키지 못하여 밤이면 잠을 이루지 못하였다.

하루는 길동이 어미 방에 가서 울며 말했다.

"소자가 어머니와 함께 전생의 인연이 두터워 지금 세상에서 모자(母子)가 되었으니 그 은혜가 망극합니다. 그러나 소자의 팔자가 기박하여 천한 몸이 되었으니 품은 한이 깊습니다. 장부가 세상을 살면서 남의 천대를 받고 살 수는 없는 것이라, 소자는 제 기운을 억제하지 못하여 어머니 슬하를 떠나려 하니, 엎드려 바라건대 어머니는 소자를 염려하지 마시고 귀하신 몸을 잘 돌보십시오."

길동의 어미가 듣고 나서 크게 놀라며 말했다.

"재상 집안에 천한 종의 몸에서 태어난 자식이 너뿐이 아니거늘, 어찌 마음을 좁게 먹어 어미의 애간장을 태우느냐?"

길동이 대답했다.

"옛날 장충의 아들 길산(吉山)[2]은 천한 소생이로되, 열세 살에 그 어미를 이별하고 운봉산으로 들어가 도를 닦아서 아름다운 이름을 후세에 전하였으니, 소자도 그를 본받아 세상을

---

2) 장길산. 17세기 도적떼의 우두머리. 『홍길동전』이 세종대왕 시절을 배경으로 하고 있기 때문에, 길동이 17세기에 활약한 장길산을 흠모하는 것은 시간적 오류임.

벗어나려 합니다. 어머니는 안심하시고 뒷날을 기다리십시오. 근래 곡산 어미의 행색을 보니 상공의 총애를 잃을까 걱정하여 우리 모자를 원수처럼 여기고 있습니다. 잘못하면 큰 화를 입을까 하니, 어머니는 소자가 나가는 것을 염려치 마십시오."

이에 그 어미가 또 슬퍼하였다.

3. 자객을 죽이고 집을 떠나다

원래 곡산 어미는 곡산 출신의 기생으로 상공의 애첩이 되었는데, 이름은 초란이었다. 아주 교만하고 방자하여 자기 마음에 들지 않는 사람은 공에게 모함하니, 이것 때문에 집안에 폐단이 끊이질 않았다. 자기는 아들이 없고 춘섬은 길동을 낳은 데다 상공이 늘 길동을 귀하게 여기는 것을 마음속으로 불쾌하게 여겨 길동을 없애 버리려고 일을 꾀하였다.

하루는 흉계를 생각해 내어 무녀를 청하여 말했다.

"내 한 몸 평안하게 살려면 길동을 없애는 수밖에 없다. 만일 나의 소원을 이루어 준다면 그 은혜를 후하게 갚겠다."

무녀가 그 말을 듣고 기뻐하며 대답했다.

"지금 흥인문(興仁門)[3]밖에 관상을 아주 잘 보는 여자가 있는데, 사람의 상을 한 번 보면 앞날과 뒷날의 길흉을 안다 합니다. 이 사람을 청하여 그 소원을 자세히 이르고, 상공께 소개하여 앞뒤의 일을 마치 눈앞에서 본 것처럼 고하게 하십시오. 상공이 반드시 크게 혹하셔서 그 아이를 없애고자 하실 것이니, 그때를 타서 이리이리하면 어찌 묘한 계책이 아니겠습니까?"

초란이 크게 기뻐하여 먼저 은돈 쉰 냥을 주며 관상녀를 불러 오라고 하니, 무녀가 하직하고 갔다.

이튿날 공이 안채로 들어와 부인과 함께 길동의 비범함을 칭찬하면서 다만 천하게 태어난 것을 안타까이 여겼다. 그런데 문득 한 여자가 들어와서 마루 아래에서 문안드리자 공이 이상하게 여겨 물었다.

"그대는 뭐 하는 여자고, 여기는 왜 왔는가?"

그 여자가 대답했다.

"소인은 관상을 보는 사람인데, 우연히 상공댁에 이르렀습니다."

공이 이 말을 듣고 길동의 장래를 알고 싶어서 즉시 길동을 불러 보이니, 관상녀가 찬찬히 들여다보다가 놀라며 말했다.

"이 공자의 상을 보니 천고의 영웅이요 일대의 호걸입니다. 다만 그 신분이 낮으니 다른 염려는 없을 듯합니다."

하고는 말을 더 하려다가 주저하거늘, 공과 부인이 매우 의아하게 여겨 말했다.

"무슨 말인지 바른대로 이르라."

---

3) 동대문.

관상녀가 마지못한 체하며 주위 사람들을 내보내고 말했다.

"공자의 상을 보니, 가슴속에 조화가 무궁하고 미간에 산천 정기가 영롱하오니 진실로 왕후의 기상입니다. 공자가 장성하면 장차 가문을 멸망시킬 화를 가져올 것이니 상공은 깊이 생각하십시오."

공이 말을 듣고 너무 놀라 한동안 말을 못하더니 마음을 진정시키고 말했다.

"사람의 팔자는 피하기 어려운 것이니, 너는 이 말을 누설하지 말라."

당부하고 약간의 은돈을 줘서 보냈다.

그 후로 공은 길동을 산속 정자에 머무르게 하고 행동 하나하나를 엄격하게 감시했다. 길동이 이 일을 당하고 보니 더욱 서러웠지만 어찌할 수 없어 병법서 『육도삼략(六韜三略)』[4]과 천문지리를 공부하였는데, 공이 이 일을 알고 크게 근심하여 말했다.

"이놈이 본디 재주가 있으니, 만일 제 분수에 넘치는 뜻을 품으면 관상녀의 말과 같으리니, 이를 장차 어찌하리오?"

이때 초란이 무녀와 관상녀와 몰래 짜서 공의 마음을 이렇듯 놀라게 해 놓고는, 길동을 없애고자 많은 돈을 써서 자객을 구하니 그 이름이 특재였다. 초란은 앞뒤의 일을 자세히 특재에게 일러 준 다음, 공에게 가서 말했다.

---

4) 중국의 병법서. 육도는 문도, 무도, 용도, 호도, 표도, 견도이고, 삼략은 상략, 중략, 하략임.

"며칠 전에 왔던 관상녀는 사람의 일을 귀신같이 알아맞힌다 하니, 길동의 장래를 어찌 처치하시렵니까? 천첩도 놀랍고 두려우니, 일찍 길동을 없애 버리는 것이 나을 듯합니다."

공이 이 말을 듣고 눈썹을 찡그리면서 말했다.

"이 일은 내 손바닥 안에 있으니, 너는 번거롭게 굴지 말라."

공이 그렇게 물리치기는 했지만, 마음이 자연히 심란하여 밤이면 잠을 이루지 못하더니 결국은 병이 나고 말았다. 부인과 좌랑(佐郎)[5] 인형이 크게 근심하여 어찌할 줄 모르는데, 초란이 곁에 있다가 말했다.

"상공의 병환이 깊어지신 것은 다 길동이 있기 때문입니다. 저의 천한 소견으로는 길동을 죽여 없애면 상공의 병환도 쾌차하실 뿐 아니라 가문도 보존될 것인데, 어찌 이를 생각지 않으시는지요?"

부인이 말했다.

"아무리 그렇다고 하나 천륜이 지극히 중한데 차마 어찌 그런 짓을 하겠는가?"

초란이 말했다.

"들으니 특재라는 자객이 있는데, 사람 죽이기를 주머니 속의 물건 잡듯이 쉽게 한다고 합니다. 그에게 거금을 주고 밤에 몰래 들어가서 길동을 죽이도록 하면, 상공이 아시더라도 할 수 없을 것이니, 부인은 재삼 생각하세요."

부인과 좌랑 인형이 눈물을 흘리며 말했다.

---

5) 조선 시대 정6품 벼슬.

"이것은 차마 사람이 못할 짓이나, 첫째는 나라를 위함이요, 둘째는 상공을 위함이요, 셋째는 홍 씨 가문을 보존하기 위함이라. 너의 계교대로 하라."

초란이 크게 기뻐하여 다시 특재를 불러 이 말을 자세히 이르고, 오늘 밤에 급히 해치우라 하니, 특재가 응낙하고 밤이 되기를 기다렸다.

차설(且說)[6], 길동은 그 원통한 일을 생각하면 잠시도 머물고 싶지 않았지만, 상공의 명령이 하도 엄해 어찌할 도리는 없고 밤마다 잠을 이루지 못하였다. 그날 밤 촛불을 밝히고 『주역(周易)』을 골똘히 읽고 있는데, 갑자기 까마귀가 세 번 울고 지나가기에 길동이 이상하게 여기고 혼자말로 중얼거렸다.

"이 짐승은 본디 밤을 꺼리거늘, 지금 울고 가니 매우 불길하도다."

길동이 잠깐 팔괘를 벌여 점을 쳐 보고는 크게 놀라 책상을 물리치고 둔갑법을 써서 그 동정을 살피고 있었다. 사경(四更)[7]에 한 사람이 비수를 들고 천천히 방문을 열고 들어왔다. 길동이 급히 몸을 감추고 주문을 외우니, 갑자기 한 줄기 음산한 바람이 일어나면서, 집은 간 데 없고 첩첩산중의 풍경이 장엄하였다. 특재가 크게 놀라서 길동의 조화가 신기하다는 것을 깨닫고 비수를 감추며 피하고자 했으나, 문득 길이 끊어지고 층층절벽이 가로막아 오도 가도 못하는 신세가 되었다.

---

6) 고전소설의 상투어. 이야기를 전환할 때 씀.

7) 밤 1시~3시.

사방으로 방황하다가 문득 피리 소리가 들려 정신을 차려서 살펴보니, 한 소년이 나귀를 타고 오며 피리를 불다가 특재를 보고 크게 꾸짖었다.

"너는 무엇 때문에 나를 죽이려 하느냐? 죄 없는 사람을 해치면 어찌 천벌을 받지 않겠는가?"

소년이 주문을 외우자, 갑자기 한바탕 검은 구름이 일어나면서 큰비가 퍼붓듯이 쏟아지고 모래와 돌멩이가 날리거늘, 특재가 정신을 가다듬고 살펴보니 길동이었다. 비록 그 재주를 신기하게 여기나,

'어찌 나를 대적하리오.'

하고 달려들며 크게 소리쳤다.

"너는 죽어도 나를 원망하지 말라. 초란이 무녀와 관상녀와 더불어 상공과 의논하고 너를 죽이려 하는 것이니, 어찌 나를 원망하리오."

특재가 칼을 들고 달려들자 길동이 분노를 참지 못하여 요술로 특재의 칼을 빼앗아 들고 크게 꾸짖어 말했다.

"네가 재물을 탐해서 사람 죽이기를 좋아하니, 너같이 무도한 놈은 죽여서 후환을 없애리라."

길동이 한 번 칼을 들어 치자 특재의 머리가 방 가운데 떨어졌다. 길동이 분노를 이기지 못하여 그 밤에 바로 관상녀를 잡아와 특재가 죽은 방에 들이치고 꾸짖었다.

"너는 나와 무슨 원수를 졌기에 초란과 함께 나를 죽이려 하느냐?"

길동이 칼로 베니 어찌 가련하지 아니하리오.

이때 길동이 두 사람을 죽이고 밤하늘을 살펴보니, 은하수는 서쪽으로 기울어지고 달빛은 희미하여 슬픈 마음을 더하였다. 분노를 참지 못하여 초란마저 죽이려고 하다가, 상공이 사랑하는 여자라는 것을 깨닫고 칼을 내던졌다. 멀리 달아나서 살길을 찾아야겠다는 마음을 먹고, 바로 상공의 침소로 가서 하직을 고하려 하였다. 마침 공도 창밖에 인기척이 있는 것을 이상하게 여기고 창을 열어 보니 곧 길동이었다. 공이 길동을 가까이 불러 물었다.

"밤이 깊었거늘 네 어찌 자지 아니하고 이리 방황하느냐?"

길동이 땅에 엎드려 대답하였다.

"소인이 일찍이 부모님께서 낳아 길러 주신 은혜를 만분의 일이나마 갚을까 하였더니, 집안에 의롭지 못한 사람이 있어 상공께 참소하고 소인을 죽이려고 하였습니다. 겨우 목숨은 건졌으나 상공을 모실 길이 없으니 오늘 상공께 하직을 고합니다."

공이 크게 놀라며 물었다.

"네 무슨 변고가 있어 어린아이가 집을 버리고, 또 어디로 가려 하느냐?"

길동이 대답했다.

"날이 밝으면 자연히 아실 것입니다. 소인의 신세는 뜬구름과 같으니, 상공께서 버린 자식이 어찌 미리 갈 곳을 정해 두겠습니까?"

두 줄기 눈물이 쏟아져서 말을 잇지 못하거늘, 공이 그 모습을 보고 측은하게 여겨 타일러 말했다.

"나도 너의 품은 한을 짐작하니, 오늘부터는 아버지를 아버지라 부르고 형을 형이라 부르는 것을 허락하겠다."

길동이 다시 절을 하며 말했다.

"소자의 가슴 절절한 한을 아버지께서 풀어 주시니 죽어도 여한이 없습니다. 엎드려 바라건대 아버지께서는 만수무강하소서."

길동이 다시 마지막 절을 올리며 하직하니, 공이 붙들지 못하고 다만 무사하기를 당부하였다. 길동이 또 어미의 침소로 가서 이별을 고하여 말했다.

"소자 지금 슬하를 떠나나 다시 모실 날이 있으리니, 어머니는 그사이 귀한 몸을 잘 보살피십시오."

춘섬이 이 말을 듣고 무슨 변고가 있는 것을 짐작하나, 떠나려는 아들을 보고 손을 잡으며 통곡하여 말했다.

"네 정녕 어디로 가려 하느냐? 한집에 있어도 서로 멀리 떨어져 있어서 늘 그리웠는데, 이제 너를 정처 없이 보내고 어찌 잊으리오. 너는 곧 돌아와서 우리 모자 다시 만나기를 바란다."

길동이 다시 절하고 나와 문을 나서니, 구름 낀 먼 산이 첩첩이 늘어섰고, 정처 없이 길을 떠나니 그 모습이 어찌 가련하지 않겠는가.

차설, 특재가 아무 소식이 없자 초란이 의아하게 생각하여 사정을 알아보니, 길동은 간데없고 특재와 관상녀의 시체만 방에 있었다. 초란이 혼비백산하여 급히 부인에게 알리니, 부인이 크게 놀라서 좌랑 인형을 불러 이 일을 이야기하고 상공에게도 알렸다. 공이 크게 놀라 얼굴이 하얗게 변하며 말했다.

"길동이 밤에 와서 슬피 하직하기에 매우 이상하다 여겼더니, 과연 이런 일이 있었구나."

좌랑 인형이 감히 숨기지 못하고 초란의 그동안 한 일을 말하니, 공이 더욱 노하여 초란을 내치는 한편, 살그머니 시체를 없애고 종들을 불러 이 일을 발설하지 말라고 당부하였다.

4. 활빈당 두령으로, 해인사와 함경 감영을 털다

각설, 길동이 부모를 이별하고 문을 나서서 정처없이 떠돌다가 어느 경치 좋은 곳에 닿았다. 민가를 찾아서 점점 들어가니 큰 바위 밑에 석문이 닫혔거늘, 가만히 그 문을 열고 들어가니 넓게 펼쳐진 땅에 수백 호의 인가가 즐비했다. 많은 사람이 모여 잔치를 하며 즐기고 있었는데, 이곳은 도적 소굴이었다. 사람들이 문득 길동을 보고 그 사람됨이 만만치 않음을 알고 반겨 물었다.

"그대는 어떤 사람이기에 이곳을 찾아왔는가? 이곳에는 영웅들이 모여 있으나 아직 우두머리를 정하지 못하였으니, 그대가 만일 용맹스러운 힘이 있어 참여하고자 하면 저 돌을 들어보라."

길동이 이 말을 듣고 다행스럽게 여겨 절을 하고 말했다.

"나는 경성 홍 판서의 천첩 소생 길동인데, 집안의 천대를 받기 싫어서 세상을 정처 없이 다녔소. 우연히 이곳에 들어와서 호걸들이 동료가 되자고 하니 대단히 감사하거니와, 장부가 어찌 저만한 돌 들기를 근심하겠소."

길동이 그 돌을 들어 수십 보를 걷다가 던지니 그 돌 무게가 천 근이었다. 여러 도적이 한꺼번에 칭찬하며 말했다.

"과연 장사로다. 우리 수천 명 중에 이 돌을 들 자가 없었는데, 오늘날 하늘이 도우셔서 장군을 주셨도다."

도적들이 길동을 윗자리에 앉힌 다음 술을 차례로 권하고, 백마를 죽여 그 피로 맹세하며 언약을 굳게 하니, 많은 사람이 동시에 응낙하고 하루 종일 즐기며 놀았다. 이후로 길동이 여러 사람과 더불어 무예를 연습하여 몇 달 안에 군법을 엄중하게 정비하였다.

하루는 여러 사람이 말했다.

"우리가 벌써부터 합천 해인사를 쳐서 그 재물을 빼앗으려 했는데, 지략이 부족하여 행동으로 옮기지 못하였더니, 이제 장군의 의향은 어떠하십니까?"

길동이 웃으며 말했다.

"내 장차 군사를 일으키리니, 그대들은 내 지휘를 따르라."

길동은 푸른 도포에 검은 띠를 두르고는 나귀를 타고 부하 몇 사람을 데리고 나가면서 말했다.

"내 그 절에 가서 동정을 살피고 오리라."

그 모습이 과연 재상가의 자제였다. 길동이 그 절에 들어가

더니 먼저 주지승을 불러 말했다.

"나는 경성 홍 판서 댁 자제다. 이 절에서 글공부를 하려고 왔는데, 내일 백미 스무 석을 보낼 것이니 음식을 정갈하게 차리면 너희들과 함께 먹으리라."

그러고는 절 안을 두루 살펴보며 후일을 기약하고 동구 밖으로 나가니, 중들이 기뻐하였다. 길동이 돌아와 백미 수십 석을 보내고 여러 부하를 불러 놓고 말했다.

"내가 아무 날에 그 절에 가서 이리이리하리니, 그대들은 뒤를 따라와서 이리이리하라."

그날을 기다려 부하 수십 명을 데리고 해인사에 이르니, 중들이 맞이하여 들어갔다. 길동이 노승을 불러 묻기를,

"내가 보낸 쌀로 음식하기가 부족하지 아니하던가?"

노승이 대답했다.

"어찌 모자라겠습니까? 너무 황공하고 감사할 뿐입니다."

길동이 윗자리에 앉고 중들을 모두 청하여 각기 상을 받게 하고, 먼저 술을 마시며 차례로 권하니, 모든 중이 황공하고 감사해 마지않았다. 길동이 상을 받고 먹다가 슬그머니 모래를 입에 넣고 깨무니 그 소리가 매우 컸다. 중들이 듣고 깜짝 놀라며 용서를 빌었지만 길동이 일부러 꾸짖어 말했다.

"너희들이 어찌 음식을 이다지도 정갈하지 못하게 했는가? 이것은 틀림없이 나를 깔보고 업신여겨 한 짓이라."

부하에게 명령하여 중들을 모두 한 줄로 묶어 앉히니, 중들이 겁을 먹고 어찌할 줄을 몰랐다. 이윽고 도적 수백 명이 한꺼번에 달려들어 모든 재물을 다 제 것인 양 가져가니, 중들

이 소리만 지르며 쳐다볼 따름이었다. 마침 그때 절에서 불이 나 때고 밥이나 짓던 일꾼이 나갔다가 돌아오는 길에 이 일을 보고 즉시 관가에 알렸다. 합천 수령이 듣고 관군을 출동시켜 도적들을 잡아오라 하였는데, 관군 수백 명이 도적의 뒤를 쫓다가 문득 보니, 한 중이 소나무 겨우살이로 만든 모자를 쓰고 장삼을 입은 채 산에 올라서서 이렇게 외쳤다.

"도적이 저 북쪽 오솔길로 갔으니 빨리 가서 잡으시오."

관군들은 그 절 중이 가르쳐 주는 줄로만 알고 비바람같이 북쪽 오솔길로 찾아갔다가 날이 저무는 바람에 잡지도 못하고 돌아갔다.

길동이 부하들을 남쪽 큰길로 보내고 홀로 중의 옷을 입고 관군을 속인 뒤 무사히 도적 소굴로 돌아오니, 이미 부하들이 뺏어온 재물을 챙겨서 갖다 놓은 후였다. 도적들이 모두 나와 반기며 감사해하거늘 길동이 웃으며 말했다.

"장부가 이만한 재주도 없이 어찌 여러 사람의 우두머리가 되겠는가?"

이후로 길동은 스스로 호를 활빈당(活貧黨)이라 짓고 조선 팔도를 다니며 각 읍 수령이 의롭지 못하게 모은 재물은 빼앗고, 지극히 가난하고 의지할 곳 없는 사람은 도와주었다. 백성을 해치지 아니하고 나라에 속한 재물은 추호도 건드리지 않았다. 이윽고 도적들이 길동의 뜻한 바를 알고 따랐다.

하루는 길동이 사람들을 모아 놓고 의논을 하였다.

"지금 함경 감사가 탐관오리로 유명한지라, 기름 짜내듯 백성의 재물을 착취하여 백성이 다 견디지 못한다 한다. 우리가 그냥 둘 수 없으니 그대들은 나의 지휘대로 하라."

아무 날 밤 약속을 잡아 한 명씩 따로따로 흩어져 들어가서는 남문 밖에 불을 질렀다. 함경 감사가 크게 놀라서 불을 끄라 하니, 관속이며 백성이 한꺼번에 달려 나와 불을 끄는 와중에 길동의 수백 도적이 일제히 성 안으로 밀고 들어왔다. 창고를 열고 돈과 곡식과 무기를 찾아내어 북문으로 달아나니, 성 안이 요란하여 마치 물이 끓는 듯하였다. 함경 감사는 뜻밖의 변을 당하여 어찌할 줄을 모르다가, 날이 밝은 후 살펴보니 창고 안에 있던 무기와 돈과 곡식이 다 없어져 버렸다. 함경 감사가 놀라고 기가 막혀 그 도적 잡기에 온 힘을 기울이던 차, 홀연히 북문에 방이 나붙었다.

　　아무 날 돈과 곡식을 도적질한 자는 활빈당의 우두머리 홍길동이라.

하기에 함경 감사가 군사를 출동하여 그 도적을 잡으려고 하였다.

5. 포도대장을 혼내다

차설, 길동은 부하들과 더불어 돈과 곡식을 많이 도적질하였는데, 행여 길에서 잡힐까 염려하여 둔갑법과 축지법을 써서 처소로 돌아올 쯤에 막 날이 새려 하곤 하였다.

하루는 길동이 여러 사람들을 모아 놓고 의논하며 말했다.

"우리가 합천 해인사를 쳐서 재물을 빼앗았고, 또 함경 감영을 뒤집어 돈과 곡식을 도적질하였으니 소문이 파다할 것이다. 게다가 내 이름을 써서 감영에 붙였으니 이제 머지않아 잡히기 쉬울 것이다. 그대들은 나의 재주를 보라."

즉시 짚으로 된 허수아비 일곱을 만들어 주문을 외우고 혼백을 붙였다. 일곱 길동이 동시에 팔을 뽐내며 크게 소리치고 한곳에 모여 어지럽게 장난을 치니, 어느 것이 진짜 길동인지 알 수가 없었다. 팔도에 하나씩 흩어져 각각 사람 수백여 명씩을 거느리고 다니니, 그중에 진짜 길동이 어느 곳에 있는 줄을 알지 못했다.

여덟 길동이 바람과 비를 마음대로 불러오는 술법을 쓰며 팔도에 다녔다. 각 읍에 있는 창고의 곡식을 하룻밤 새 흔적도 없이 가져갔으며, 서울로 올라오는 뇌물 꾸러미도 놓치지 않고 탈취해 갔다. 팔도 각 읍이 소란스러워져서 밤에는 잠들지 못하고 도로에는 행인이 끊기게 되니 이러므로 팔도가 매우 요란해졌다. 감사가 이 일로 장계를 올리니 대강 이런 내용이었다.

난데없이 홍길동이란 큰 도적이 나타나서 능히 바람과 구름을 부리는 술법을 부려 각 읍의 재물을 빼앗고 서울로 보내는 물품들을 가로채는 등 행패가 매우 심하옵니다. 그 도적을 잡지 못하오면 장차 어느 지경에 이를 줄을 알 수 없사오니, 바라옵건대 전하께서는 좌우 포도청으로 하여금 잡아들이소서.

임금께서 보시고 크게 놀라 포도대장을 부르시는데, 연이어 팔도에서 장계가 올라왔다. 계속 뜯어 보시니 도적의 이름이 다 홍길동이었고, 돈과 곡식을 잃은 날짜를 보시니 한날한시였다. 임금께서 크게 놀라 말씀하셨다.

"이 도적의 용맹과 술법은 옛날 치우(蚩尤)[8]라도 당하지 못

---

8) 중국의 전설상의 인물. 난리를 일으켜 나라를 어지럽히고 짙은 안개를 일으켜 잡히지 않았다 함.

하리로다. 아무리 신기한 놈인들 어찌 한 몸이 팔도에 다 있어서 한날한시에 도적질을 하리오? 이는 보통 도적이 아니므로 잡기 어려울 것이니, 좌우 포도대장이 군사를 이끌고 가서 그 도적을 잡으라."

이때 우포도대장 이흡이 아뢰었다.

"신이 비록 재주 없사오나 그 도적을 잡아오겠으니, 전하는 근심하지 마소서. 어찌 좌우 포도대장이 함께 출병을 하겠사옵니까?"

임금께서 옳게 여겨 급히 떠나라 재촉하시니, 이흡이 하직한 후 수많은 관졸을 거느리고 출발하였다. 각각 흩어져서 아무 날 문경으로 모이기로 약속하고, 이흡은 포졸 서너 명을 데리고 복장을 변장한 채로 다녔다.

하루는 날이 저물어 이흡이 주점을 찾아가서 쉬고 있는데, 갑자기 한 소년이 나귀를 타고 들어와서 인사를 하였다. 포도대장이 답례하니, 그 소년이 문득 한숨을 쉬며 말했다.

"온 천하가 임금의 땅이 아닌 곳이 없고 온 백성이 임금의 신하가 아닌 자가 없다고 하니, 소생이 비록 시골에 있으나 나라를 위하여 근심하고 있습니다."

포도대장이 일부러 놀라는 척하며 물었다.

"그게 무슨 말이오?"

소년이 답했다.

"지금 홍길동이라는 도적이 팔도로 다니며 소란을 일으켜 인심이 동요하고 있으니, 이놈을 잡아서 없애지 못하는 것이 어찌 분하지 않겠습니까?"

포도대장이 이 말을 듣고 말했다.

"그대가 기골이 장대하고 말하는 것이 충직하니, 나와 함께 그 도적을 잡는 것이 어떻겠는가?"

소년이 답했다.

"내가 벌써부터 잡고 싶었으나 용기와 힘을 가진 사람을 얻지 못해 어찌할 수 없었소. 이제 그대를 만났으니 진정 다행한 일이겠지마는, 내 그대의 재주를 알지 못하니 조용한 곳으로 가서 시험을 해 봅시다."

함께 가다가 한 곳에 이르러 소년이 높은 바위 위에 올라앉으며 말했다.

"그대는 있는 힘을 다해 두 발로 나를 차서 떨어뜨려 보시오."

벼랑 끝에 나아가 앉거늘, 포도대장이 생각하였다.

'제아무리 힘이 세다 한들 내가 한 번 차면 어찌 떨어지지 않으리오.'

온 힘을 다하여 두 발로 힘껏 차니, 소년이 갑자기 돌아앉으며 말했다.

"그대는 정말 장사입니다. 내 여러 사람을 시험해 보았지만 나를 움직이게 한 자가 없었는데, 그대에게 차이니 오장이 울린 듯하였습니다. 나를 따라오면 길동을 잡을 것입니다."

앞장 서서 첩첩산중으로 들어가거늘, 포도대장이 생각하였다.

'나도 힘을 자랑할 만한데, 오늘 저 소년의 힘을 보니 어찌 놀라지 않겠는가! 그러나 이곳까지 왔으니 설마 저 소년 혼자

서 길동을 잡는 것을 보고 있을 수만 있겠는가.'

계속 따라가자 그 소년이 문득 돌아서며 말했다.

"이곳이 길동의 소굴입니다. 내가 먼저 들어가서 살펴볼 것이니 그대는 여기서 기다리십시오."

포도대장이 속으로 의심이 되었으나, 빨리 잡아 오라고 당부하고 앉아 있었다. 얼마 후 갑자기 산골짜기를 따라 수십 명의 군졸이 요란하게 소리를 지르며 내려왔다. 포도대장이 크게 놀라서 피하려고 하는데 점점 다가와 포도대장을 묶으며 꾸짖어 말했다.

"네가 포도대장 이흡이냐? 우리가 염라대왕의 명령을 받아서 너를 잡으러 왔다."

쇠사슬로 목을 옭아매어 비바람처럼 몰아가니, 포도대장은 혼이 빠져서 어찌할 줄을 몰랐다. 한 곳에 이르러 소리를 지르며 꿇어 앉히거늘, 포도대장은 그제서야 정신을 가다듬고 둘러 보았다. 궁궐이 광대한데 수많은 황건역사(黃巾力士)들이 좌우에 쭉 서 있고, 전상(殿上)에 한 임금이 앉아서 성난 목소리로 말했다.

"너같이 변변치 못한 놈이 어찌 홍 장군을 잡으려고 하는가? 너를 잡아서 지옥에 가두리라."

포도대장이 겨우 정신을 차려 말했다.

"소인은 인간 세상의 보잘것없는 사람이옵니다. 죄도 없이 잡혀 왔으니 살려 보내 주시기를 바라옵니다."

몹시 애걸하자, 전상에서 웃음소리가 나며 누군가 꾸짖어 말하였다.

"이 사람아! 나를 자세히 보라. 내가 바로 활빈당 우두머리 홍길동이라. 그대가 나를 잡으려 한다기에 그대의 용맹과 힘을 알아보고자 어제 내가 푸른 도포를 입은 소년으로 변장하여 그대를 이곳으로 유인한 것이니, 여기서 나의 위엄을 보여 주고자 한다."

말을 끝낸 후 부하들을 시켜 포도대장의 결박을 풀고 대청마루에 앉혀 술을 권하며 말하였다.

"그대는 부질없이 다니지 말고 빨리 돌아가라. 나를 만났다고 하면 반드시 죄를 추궁당할 것이니, 부디 발설하지 말라."

다시 술을 부어 권하며 부하들에게 내보내라고 명하였다.

'이것이 꿈인가 생시인가? 어찌하여 이리 왔을까?'

포도대장이 생각해 봤지만 도저히 알 수가 없었다. 길동의 조화를 신기하게 생각하며 일어나 가려고 하는데, 갑자기 사지를 움직일 수가 없었다. 이상하게 여겨 정신을 차리고 살펴보니 가죽 부대에 들어 있었다. 간신히 나와 보니 자루 세 개가 나무에 걸렸는데, 차례로 내려 열어 보니 처음 떠날 때 데리고 왔던 부하들이었다. 서로 물었다.

"이것이 어찌 된 일인가? 우리가 떠날 적에 문경에서 모이자고 하였는데, 어찌 이곳으로 왔는가?"

두루 살펴보니, 거기는 딴 곳도 아니고 바로 도성의 북쪽 북악산이었다. 네 사람이 어이없어서 도성을 굽어보다가 이흡이 부하에게 물었다.

"너는 어찌하여 이곳으로 왔느냐?"

세 사람이 답했다.

"소인 등은 주점에서 자고 있었는데, 갑자기 바람과 구름에 휩싸여 이리 왔으니, 무슨 까닭인지 모르겠습니다."

포도대장이 말했다.

"이 일이 너무 허무맹랑하니 남에게 알리지 말라. 길동의 재주는 이루 헤아릴 수 없으니 어찌 사람의 힘으로 잡을 수 있겠는가? 그러나 우리가 이대로 도성으로 들어가면 결코 죄를 면하지 못할 것이니, 몇 달을 기다렸다가 들어가자."

그러고는 내려왔다.

6. 여덟 길동이 붙잡히다

이때 임금께서 팔도에 공문을 보내어 길동을 잡아들이라고 하셨는데, 길동의 변화를 감히 예측하기 힘들었다. 수레를 타고 도성의 큰 길로 왕래하거나, 혹은 각 읍에다 미리 공문을 보내 놓고 쌍가마를 타고 나타나기도 하며, 혹은 암행어사로 가장하여 각 읍 수령 중 탐관오리를 먼저 베고 나중에 장계를 올리되 '가짜 어사 홍길동의 계문(啓聞)⁹'이라고 하니, 임금께서 더욱 진노하여 말씀하셨다.

"이놈이 각 도로 다니면서 이 난리를 일으키는데도 아무도 잡지 못하니, 이를 장차 어떻게 하겠는가?"

삼정승과 육판서를 모아서 의논하는데, 계속 올라오는 것이

---

9) 신하가 글로 임금에게 아뢰는 일.

모두가 팔도에서 홍길동이 난리를 일으켰다는 장계였다. 임금께서 차례로 보시고 크게 근심하셔서 좌우를 돌아보며 물으셨다.

"이놈이 아마 사람이 아니고 귀신이라 이 폐단을 끼치는 것 같소. 조정의 관리들 중에 누가 그 근본을 짐작하겠는가?"

한 사람이 나아와서 아뢰었다.

"홍길동은 전임 이조판서 홍 모의 서자요, 병조좌랑 홍인형의 배다른 동생이오니, 지금 그 부자를 잡아와서 친히 문초하시면 자연히 알게 되실 것이옵니다."

임금께서 더욱 노하여 말씀하셨다.

"그 말을 어찌 이제야 하는가?"

즉시 홍 아무개를 의금부에 잡아 가두고, 먼저 인형을 잡아들여 직접 문초하셨다. 임금께서 진노하셔서 책상을 내리치며 말씀하셨다.

"길동이란 도적이 너의 배다른 동생이라고 하니, 어찌 미리 단속하지 않고 그냥 두어 나라의 큰 재앙이 되게 하였느냐? 네가 만일 길동을 잡아들이지 아니하면, 네 부자의 충효를 돌아보지 않을 것이니, 빨리 잡아들여 조선에 큰 변고가 없게 하라."

인형이 황공하여 관을 벗고 머리를 조아리며 말했다.

"신에게 천한 아우가 있어 일찍이 사람을 죽이고 달아난 지 수 년이 지났사온데 그 생사를 알지 못하고 있사옵니다. 그 일로 인해 신의 늙은 아비도 병이 위중한 나머지 목숨이 곧 끊어질 지경에 이르렀사옵니다. 길동이 감히 생각도 못할 무도한 짓을 하여 전하께 근심을 끼쳤으니 신의 죄가 만 번 죽어도 애석하지 않사옵니다. 엎드려 바라옵건대, 전하께서는 자비로운 은혜를 내려서 신의 아비의 죄를 사하여 주시고 집으로 돌아가 몸조리를 하도록 허락해 주신다면, 신이 죽기를 각오하고 길동을 잡아 저희 부자의 죄를 씻을까 하옵니다."

임금께서 다 듣고 감동하셔서, 즉시 홍 모를 사면하시고 인형에게 경상 감사를 제수하시며 말씀하셨다.

"경이 만일 감사의 지위와 병력이 없으면 길동을 잡지 못할 것이다. 일 년 기한을 정하여 줄 테니 빨리 잡아들이라."

인형이 거듭 성은에 감사하고 임금께 하직하였다. 바로 그날 길을 떠나 감영에 도착하여 감사로 부임하고 각 읍에 방을 붙이니, 이는 길동을 달래는 방이었다.

사람이 세상에 태어나면 오륜(五倫)이 으뜸이요, 오륜이 있으니 인의예지(仁義禮智)가 분명하거늘, 이것을 알지 못하고 임금과 부모의 명을 거역하여 불충불효하게 되면, 어찌 세상이 용납하겠는가. 우리 아우 길동은 이런 일을 알 것이니 스스로 형을 찾아와서 사로잡히라. 너로 말미암아 아버지께서는 뼛속 깊이 병이 드시고, 임금께서 크게 근심하시니, 네 죄악이 가득 차고도 넘친다. 그러므로 나를 특별히 감사로 임명하셔서 너를 잡아들이라 하시니, 만일 잡지 못하면 우리 홍 씨 가문이 대대로 쌓은, 맑은 덕행이 하루아침에 사라지리니 어찌 슬프지 않겠는가. 바라건대 아우 길동은 이것을 생각하여 일찍 자수하면 너의 죄도 덜어질 것이요 우리 가문도 보존되리니, 알 수 없도다. 너는 만 번 생각하여 스스로 나타나라.

감사는 이 방을 각 읍에 붙이고 공무(公務)는 일절 손도 대지 않은 채 길동이 자수하기만을 기다렸다.

하루는 한 소년이 나귀를 타고 하인 수십 명을 거느린 채 고을 관영의 문 밖에 와서 뵙기를 청하여 감사가 들어오라 하였다. 소년이 마루 위로 올라가서 배알하거늘, 감사가 눈을 들어 자세히 보니 손꼽아 기다리던 길동이었다. 매우 놀랍고도 기뻐서 주위 사람들을 물리치고 손을 잡고 흐느껴 울면서 말했다.

"길동아! 네가 집을 나간 뒤로 생사를 알지 못하여 아버지께서 병이 들어 도저히 고칠 수 없는 지경에 이르셨다. 너는 갈수록 불효를 끼칠 뿐만 아니라 나라의 큰 근심이 되니, 무슨 마음으로 불충불효를 하며, 도적까지 되어 세상에 비할 데 없는 죄를 짓느냐? 이 때문에 임금께서 진노하셔서 나에게 너를 잡아들이라 명하셨으니, 이는 피치 못할 죄이다. 너는 일찍 도성으로 나아가서 임금님 명령을 순순히 따르도록 하여라."

말을 마치자 눈물이 비 오듯 하거늘, 길동이 머리를 숙이고 말하였다.

"천한 몸이 여기까지 온 것은 아버지와 형의 위태로운 처지를 구하고자 하는 것이니, 어찌 다른 말이 필요하겠습니까? 대감께서 당초에 천한 길동을 위하여 아버지를 아버지라 하고 형을 형이라 부르도록 허락하셨던들 이 지경에 이르렀겠습니까? 지나간 일을 말해 봤자 쓸데없으니, 이제 이 아우를 묶어서 도성으로 올려 보내십시오."

다시 말이 없었다. 이 말을 듣고 감사가 한편으로 슬퍼하며 한편으로는 장계를 지었다. 길동의 목에 칼을 채우고 발에 족쇄를 채워 함거(轞車)¹⁰⁾에 실어서, 건장한 장교 십여 명을 뽑아 밤낮으로 쉬지 않고 호송하여 가도록 명해 올려 보냈다. 각 읍 백성들이 길동의 재주를 들었는지라, 길동을 잡아 온다는 소식을 듣고 길을 가득 메운 채 구경하였다.

이때 팔도에서 모두 길동을 잡아 올리니, 조정과 도성 사람들은 어찌된 영문인지 알 수가 없었다. 임금께서 놀라셔서 여러 대신들을 모으고 친히 신문(訊問)을 하셨는데, 잡혀 온 여덟 길동이 서로 다투면서 말했다.

"네가 진짜 길동이지 나는 아니다."

서로 싸우니, 어느 것이 진짜 길동인지 분간할 수가 없었다. 임금께서 기이하게 여기시고 즉시 홍 아무개를 불러들여 말씀하셨다.

"자식을 알아보는 데는 아비만 한 이가 없다고 했으니, 저 여덟 명 중에 경의 아들을 찾아내어라."

홍공이 황공하여 머리를 조아리고 죄를 청하며 말하였다.

"신의 천한 자식 길동은 왼쪽 다리에 붉은 혈점이 있사오니, 그것을 보면 알 수 있사옵니다."

또 여덟 길동을 꾸짖어 말했다.

"지척에 임금님이 계시고 아래로 네 아비가 있거늘, 네가 이

---

10) 죄인을 실어 나르던 수레.

렇게 천고에 없는 죄를 지었으니 죽기를 아까워 말라."

홍공이 피를 토하며 엎어져서 기절하였다. 임금께서 크게 놀라 궁중의 의원에게 구하라고 하시나 아무 차도가 없었다. 여덟 길동이 이를 보고 동시에 눈물을 흘리며 주머니에서 환약 하나씩을 꺼내 홍공의 입에 넣으니, 홍공이 반나절이 지난 후에 정신을 차렸다.

여덟 길동이 임금께 아뢰었다.

"신의 아비가 나라의 은혜를 많이 입었사온데, 신이 어찌 감히 불측한 짓을 하겠사옵니까? 신이 본디 천한 종의 몸에서 태어나서, 그 아비를 아비라 부르지 못하고 그 형을 형이라 부르지 못하오니 평생 한이 맺혀서, 집을 버리고 도적의 무리에 참여하였사옵니다. 그러나 백성은 추호도 건드리지 않았고, 각 읍 수령들이 백성을 들볶아 착취한 재물만 빼앗았사옵니다. 이제 십 년이 지나면 조선을 떠나 갈 곳이 있사오니, 바라옵건대 전하께서는 근심하지 마시고 신을 잡으라는 공문을 거두어 주시옵소서."

말을 마치며 여덟 길동이 한꺼번에 넘어졌는데, 자세히 보니 모두 짚으로 만든 허수아비였다. 임금께서 더욱 놀라시며 진짜 길동을 잡으라는 공문을 다시 팔도에 내리셨다.

7. 병조판서에 오르다

차설, 길동은 허수아비들을 없애고 두루 다니다가 사대문에 방을 붙였다.

　요사스러운 신하 홍길동은 아무리 해도 잡히지 않을 것이나, 병조판서 벼슬을 내려 주시면 잡히겠나이다.

임금께서 그 방을 보시고 신하들을 모아서 의논하시니, 신하들이 말했다.

"이제 도적을 잡으려고 하다가 잡지 못하고 도리어 병조판서 벼슬을 내리는 것은 이웃 나라에 얼굴을 못 들 정도로 수치스러운 일이옵니다."

임금께서 옳다고 여기시고 다만 경상 감사에게 길동 잡기를 재촉하셨다. 감사는 임금의 엄명을 받고 두렵고 떨려 어찌할 줄을 몰랐다.

하루는 길동이 공중에서 내려와 절을 하고 말하였다.

"지금의 아우가 진짜 길동이니, 형님께서는 아무 염려 마시고 아우를 결박하여 도성으로 보내십시오."

감사가 이 말을 듣고 손을 잡은 채 눈물을 흘리면서 말했다.

"이 철없는 아이야, 네가 나와 동기(同氣)이거늘 부형(父兄)의 가르침을 듣지 아니하고 온 나라를 소란스럽게 하니 어찌 애닯지 않겠느냐. 네가 이제 진짜 몸으로 와서 스스로 잡힐 것을 원하니 도리어 기특한 아이로다."

급히 길동의 왼쪽 다리를 보니 과연 붉은 점이 있었다. 즉시 팔다리를 결박하고 함거(轞車)에 태워 건장한 장교 수십 명을 뽑아 철통같이 에워싸고 풍우(風雨)같이 내달려도, 길동의 안색이 조금도 변하지 않았다. 여러 날 만에 도성에 다다랐다. 대궐 문에 이르러 길동이 몸을 한 번 움직이자 쇠사슬이 끊어지며 함거가 부서졌고, 마치 매미가 허물을 벗듯 길동이 공중으로 떠오르며 훌쩍 구름에 묻혀서 가니, 장교와 군사들이 어이없어 공중을 바라보며 넋만 놓고 있을 따름이었다. 할 수 없이 이런 사실을 보고하니, 임금께서 듣고 말씀하셨다.

"천고에 이런 일이 어디 있으리오."

크게 근심하시니, 신하들 중에서 한 사람이 아뢰었다.

"길동의 소원이 병조판서를 한 번 하고 조선을 떠나는 것이라 하오니, 한번 소원을 들어주면 제 스스로 은혜에 감사할 것입니다. 그때를 타서 잡는 것이 좋을까 하나이다."

임금께서 옳다고 여기셔서 즉시 홍길동에게 병조판서 벼슬을 내리시고 사대문에 방을 붙이도록 하셨다.

이때 길동이 이 말을 듣고 즉시 사모관대(紗帽冠帶)에 서대(犀帶)를 두르고 관리가 타는 높은 초헌(軺軒)을 의젓하게 타고서 큰길로 버젓이 들어오며 말했다.

"이제 홍 판서가 성은에 감사하러 온다."

병조의 하급 관리들이 맞이하여 호위하며 대궐 안으로 들어갈 때, 많은 관리들이 의논하였다.

"길동이 오늘 성은에 감사하고 나올 것이니, 도끼와 칼을 잘 쓰는 군사를 매복시켰다가 나오거든 일시에 쳐서 죽이자."

이렇게 약속을 정하였다.

길동이 대궐 안으로 들어가 공손히 절하고 아뢰었다.

"소신의 죄가 깊고도 무거운데 도리어 천은을 입사오니 평생 한을 풀고 돌아갑니다. 이제 전하와 영원히 이별하고자 하니, 바라옵건대 전하께서는 만수무강하시옵소서."

말을 마치자 몸을 공중으로 솟구쳐 구름에 싸여 가니, 그 가는 곳을 알지 못했다. 임금께서 보시고 도리어 탄식하며 말씀하셨다.

"길동의 신기한 재주는 고금(古今)에 드물도다. 길동이 지금 조선을 떠나겠다고 하였으니, 다시는 폐를 끼칠 일이 없을 것이다. 길동이 비록 수상하기는 하나 일단 장부다운 호쾌한 마음을 가졌으니 염려할 필요는 없을 것이다."

팔도에 사면의 글을 내려 길동 잡는 일을 거두셨다.

8. 제도로 옮기고, 울동을 죽이다

각설, 길동은 도적의 소굴로 돌아와서 부하들에게 명령하였다.

"내가 다녀올 곳이 있으니, 너희들은 아무데도 출입하지 말고 내가 돌아오기를 기다리라."

즉시 몸을 솟구쳐 남경으로 향하여 가다가 한 곳에 다다르니, 소위 율도국이란 곳이었다. 사면을 살펴보니 산천이 맑고 빼어나며 사람들이 번성하여 몸을 편안하게 누일 만한 곳이라고 하고 남경으로 들어가 구경한 뒤, 또 제도라고 하는 섬으로 들어가서 두루 다니며 산천도 구경하고 인심도 살폈는데, 오봉산에 이르니 정말 제일 강산이었다. 둘레가 칠백 리요, 기름진 논이 가득하여 살기에 매우 좋아 보였다. 길동은 마음속으로 헤아려 보았다.

'내가 이미 조선을 뜨고자 하였으니, 이곳으로 와서 당분간 숨어 지내다가 큰일을 도모하리라.'

다시 가벼운 걸음으로 원래 살던 도적 소굴로 돌아와서 사람들에게 말했다.

"그대들은 아무 날 양천강 가에 가서 배를 많이 만들어 몇월 며칠에 도성 한강에서 기다리라. 내가 임금께 청하여 벼 일천 석을 얻어 올 것이니, 약속을 어기지 말라."

각설 길동이 아무 소란도 일으키지 않으므로 홍공은 병이 낫고, 임금께서도 근심없이 지내고 계셨다. 구월 보름께 임금께서 달빛을 받으며 후원을 배회하고 계실 때, 문득 한 줄기 맑은 바람이 일어나며 하늘로부터 옥피리 소리가 청아하게 울렸다. 한 소년이 내려와서 임금께 엎드리거늘, 임금께서 놀라서 물으셨다.

"신선 나라의 동자가 어찌 인간 세상에 내려와, 무슨 말을 하고자 하느냐?"

소년이 엎드려 아뢰었다.

"신은 전임 병조판서 홍길동이옵니다."

임금께서 놀라며 물으셨다.

"네 어찌 깊은 밤에 왔느냐?"

길동이 대답하였다.

"신이 전하를 받들어 긴긴 세월을 모시려 하였으나, 천한 종의 몸에서 태어나 문(文)으로는 홍문관에 진출하는 길이 막혔고, 무(武)로는 선전관 벼슬길이 막혔사옵니다. 신이 사방으로 떠돌면서 관청에 폐해를 끼치고 조정에 죄를 지은 것은, 전하께서 신의 처지를 알아 주시길 바랐던 것이었사옵니다. 이제 신의 소원을 풀어 주셨으니, 전하를 하직하고 조선을 떠나가옵니다. 엎드려 바라옵건대 전하께서는 만수무강하옵소서."

공중으로 떠올라 나는 듯이 가거늘, 임금께서 그 재주를 참으로 칭찬하셨다. 이후로는 길동의 폐단이 없으니, 사방이 태평하였다.

각설, 길동이 조선을 하직하고 남경 땅 제도라는 섬으로 들어가서, 수천 채의 집을 짓고 농사에 힘쓰며 재주를 배워 무기 창고를 짓고 군법을 연습하니, 병사는 잘 훈련되었고 양식은 풍족하였다.

하루는 길동이 화살촉에 바를 약을 구하러 망당산으로 가다가 낙천 땅에 이르렀다. 그곳의 부자 백룡이라는 사람이 딸 하나를 두었는데, 재주가 남달라 부모가 애지중지 여겼다. 어느 날 광풍(狂風)이 크게 불어오더니, 딸이 온 데 간 데 없어졌다. 백룡 부부가 슬퍼하며 많은 돈을 들여 사방으로 찾았으나 종적을 찾을 수 없었다. 부부가 슬퍼하며 말을 퍼뜨렸다.

"아무라도 내 딸을 찾아 주면 재산의 반을 주고 사위로 삼으리라."

길동이 이 말을 듣고 측은한 마음이 들었으나 어찌할 수 없는 일이라, 망당산에 가서 약초를 캐며 깊이 들어가다 보니 어느덧 날이 저물어 주저하고 있었다. 문득 사람 소리가 나며 등불이 밝게 비쳐서 그곳을 찾아가니, 사람처럼 보이지만 사람이 아닌 미물들이 앉아 떠들고 있었다. 원래 이 짐승은 '울동' 이라 하는데 여러 해를 묵어 변화가 무궁하였다. 길동이 몸을 감추고 활을 쏘니 그중 우두머리가 맞았는데, 모두 소리를 지르며 달아나 버렸다. 길동이 나무에 의지하여 밤을 새고 다음 날 두루 약초를 캐고 다니는데, 갑자기 괴물 두셋이 길동을 보고 물었다.

"그대는 무슨 일로 이 깊은 곳에 이르렀는가?"

길동이 답했다.

"내가 의술을 알기에 이 산에 들어와서 약초를 캐는 중인데, 그대들을 만나 다행이로다."

미물들이 크게 기뻐하며 말했다.

"우리는 이곳에 산 지 오래되었는데, 우리 왕이 부인을 새로 정하고 지난 밤에 잔치를 하다가 하늘에서 내린 재앙을 맞아서 위중하다. 그대가 명의라고 하니 선약(仙藥)으로 왕의 병을 고치면 큰 상을 받으리라."

길동이 듣고 생각하였다.

'이놈이 어젯밤에 내 화살에 다친 놈이로구나.'

길동이 허락하였다. 그것들이 인도하여 문 앞에 길동을 세워 두고 들어가더니, 이윽고 나와서 청하여 길동이 들어갔다. 곱게 색을 칠한 집은 넓고 아름다운데, 그 가운데 흉악한 것이 누워서 신음하다가 길동을 보고 몸을 움직이면서 말했다.

"내가 우연히 하늘의 재앙을 맞아서 위독한데, 부하의 말을 듣고 그대를 청하였으니, 이것은 하늘이 나를 살리시는 것이라. 그대는 재주를 아끼지 말라."

길동이 감사 인사를 하고 말했다.

"먼저 속을 다스릴 약을 쓰고, 다음으로 외상을 다스릴 약을 쓰는 것이 좋을까 하오."

그것이 응낙하거늘, 길동이 약주머니에서 독약을 꺼내 황급히 따뜻한 물에 타서 먹였다. 우두머리가 한참 만에 외마디 소리를 지르고 죽으니 모든 요괴가 한꺼번에 달려들었다. 길동이 신통술을 부려 요괴들을 몰아치는데, 갑자기 젊은 두 여자가 울며 말했다.

"저희는 요괴가 아니라 세상 사람인데 잡혀 왔으니, 남은 목숨을 구하여 세상으로 나가게 해 주소서."

길동이 백룡의 일을 생각하고 사는 곳을 물어보니, 하나는 백룡의 딸이요, 또 하나는 조철의 딸이었다. 길동이 요괴들을 깨끗이 없애고 두 여자에게 각각 부모를 찾아 주니, 그 부모들이 크게 기뻐하며 그날로 홍생을 사위로 삼았는데, 첫째 부인이 백 소저요, 둘째 부인은 조 소저였다. 길동이 하루아침에 두 아내를 얻고 두 집 가족을 거느려 제도로 가니, 모든 사람이 반기며 축하하였다.

9. 아버지의 죽음

하루는 길동이 밤하늘의 운행을 살피다가 놀라며 눈물을 흘리기에 사람들이 물었다.

"무슨 이유로 슬퍼하십니까?"

길동이 탄식하며 말했다.

"내가 별의 움직임을 보고 부모의 안부를 짐작했는데, 오늘 하늘을 보니 아버지의 병세가 위중하시구나. 그러나 내 몸이 먼 곳에 있어 그곳까지 이르지 못할까 하노라."

모든 사람이 다 같이 슬퍼하였다.

이튿날 길동이 월봉산으로 들어가서 한 군데 좋은 터를 잡고 묏자리를 꾸미는데, 그 앞에 세우는 석물을 나라의 능과 같이 하였다. 큰 배 한 척을 준비하여 부하들에게 조선국 서강 강변에서 기다리라고 하고는, 즉시 머리를 깎고 중으로 위장하여 작은 배를 타고 조선으로 향하였다.

　각설, 홍 판서는 홀연히 병을 얻어 위중해지자 부인과 인형을 불러 말했다.

　"내가 죽어도 여한이 없는데, 길동의 생사를 알지 못하는 것이 한이로다. 제가 살아 있으면 찾아올 것이니, 적자와 서자를 분별하지 말고 제 어미를 대접하라."

　그리고 목숨이 다하였다. 가족들이 망극(罔極)하여 장례를 치르고자 하나, 묏자리를 구하지 못하여 난처하였다.

　하루는 문지기가 와서 알렸다.

　"어떤 중이 와서 영전에 조문하려고 합니다."

　이상하게 여겨 들어오라고 하니, 한 중이 들어와서 목 놓아 통곡하는데, 사람들이 그 이유를 몰라 서로 얼굴만 쳐다보았다. 그 중이 상주에게 한바탕 크게 목 놓아 운 다음 말했다.

　"형님은 어찌 아우를 몰라보십니까?"

　상주가 자세히 보니 바로 길동이었다. 붙들고 통곡하며 말했다.

　"네가 아우가 맞느냐? 그동안 어디에 갔었느냐? 아버지께서 생시에 유언이 간절하셨는데, 이제 오니 어찌 자식된 도리이겠느냐?"

　손을 이끌어 내당에 들어가서 모부인을 뵙고 춘섬을 상면케 하였다. 서로 한바탕 통곡한 후에 춘섬이 물었다.

　"네 어찌 중이 되어 다니느냐?"

　길동이 대답하였다.

"소자 조선을 떠나 머리 깎고 중이 되어 지맥을 살피는 기술을 배웠는데, 이제 아버지를 위하여 좋은 터를 구해 놓았으니, 어머니는 염려하지 마십시오."

인형이 크게 기뻐하며 말하였다.

"너의 재주가 기이하구나. 좋은 터를 얻었으면 무슨 염려 있으리오."

다음 날 운구하여 길동이 제 어미를 데리고 서강 강변에 이르니, 미리 지휘해 놓은 배가 기다리고 있었다. 배에 올라타고 화살같이 저어서 한 곳에 다다르니, 사람들이 수십 척의 배를 대고 기다리고 있었다. 서로 반기며 호위하여 가니 그 광경이 차마 대단하였다. 어느덧 산 위에 다다라 인형이 자세히 보니, 산세가 웅장하였으므로 길동의 지식에 못내 탄복하였다. 산소를 만들고 다 함께 길동의 처소로 돌아와서 길동의 가정을 본 후, 춘섬은 길동이 이제 다 자라 혼인까지 한 것을 칭찬하였다.

여러 날이 지나 인형이 길동과 춘섬을 이별하고 산소를 극진히 모시기를 당부한 후, 산소에 하직하고 길을 떠났다. 본국에 이르러 모부인을 뵙고 전후의 일을 모두 들려주니, 부인이 신기하게 여겼다.

10. 율도국 정벌

각설, 길동이 제사를 극진히 받들어 삼년상을 마쳤다. 모든 영웅을 모아서 무예를 익히며 농업에 힘쓰니 군사는 잘 훈련되고 양식도 풍족하였다. 남쪽에 율도국이라는 나라가 있어, 기름진 들판이 수천 리에 이르고 실로 하늘이 낸 살기 좋은 나라였기에, 길동이 늘 뜻을 두고 있었다. 사람들을 불러 말하였다.

"내 이제 율도국을 치고자 하니 그대들은 진정 최선을 다하라."

그날 진군하였다. 길동이 스스로 선봉장이 되고 마숙으로 후군장을 삼아서, 정예군 오만 명을 거느리고 율도국 철봉산에 도착하여 싸움을 붙였다. 태수 김현충이 난데없는 군사와 말이 도착하는 것을 보고 크게 놀라서 왕에게 보고하는 한편, 한 무리의 군사들을 거느리고 내달아 싸웠다. 길동이 이를 맞이하여 겨뤄 한 번 만에 김현충을 베고, 철봉을 얻어 백성을 다독거렸다. 정철에게 철봉을 지키도록 한 다음, 대군을 지휘하여 바로 도성을 치기로 하고, 격서를 율도국에 보내니 내용인즉 이러하였다.

　　의병장 홍길동은 글을 율도 왕에게 부치노니, 무릇 임금은 한 사람의 임금이 아니요, 천하 사람의 임금이라. 내 하늘의 명을 받아 군사를 일으켜 먼저 철봉을 무너뜨리고 물밀듯이 들어갈 것이니, 왕은 싸우고자 하거든 싸우고, 그렇지 않다면 일찍 항복하여 살아남기를 도모하라.

　　왕이 다 읽고 나서 크게 놀라서 말했다.
　　"우리 나라가 철봉을 굳게 믿었는데 이제 잃었으니 어찌 맞서 싸우리오."
　　신하들을 거느리고 항복하였다. 길동이 성안으로 들어가 백성을 안심시키고 왕위에 오른 후, 율도 왕을 의령군에 봉하고 마숙과 최철로 좌의정과 우의정을 삼고, 나머지 여러 장수에게도 각각 벼슬을 내리니, 조정에 가득 찬 신하들이 만세를 불러 하례하였다. 왕이 나라를 다스린 지 삼 년 만에 산에는 도적이 없고, 길에 물건이 떨어져도 주워 가지 않으니 가히 태평 세계였다. 왕이 백룡을 불러 말했다.
　　"내가 조선 임금께 표문(表文)[11]을 올리려고 하는데, 경은 수고를 아끼지 말라."

당부하고 표문과 서찰을 홍 씨 가문으로 부쳤다. 백룡이 조선에 도착하여 먼저 표문을 올리니, 임금께서 표문을 보시고 크게 칭찬하여 말씀하셨다.

"홍길동은 진실로 기이한 인재로다."

임금께서 홍인형을 위로하는 사신으로 삼아 친서를 내리시니, 인형이 사은한 후에 돌아와서 모부인에게 임금의 말씀을 전하니 부인이 또한 동행하려 하였다. 인형이 마지못하여 부인을 모시고 길을 떠나 여러 날 만에 율도국에 이르렀다. 왕이 맞이하여 향연을 베풀고 친서를 받은 다음, 모부인과 인형을 반기며 산소에 제사를 지내고 잔치를 열어 즐겼다. 여러 날이 지나고 모부인 유 씨가 갑자기 병을 얻어 죽으니 아버지의 무덤 옆에 나란히 묻었다. 인형이 왕을 하직하고 본국에 돌아가서 임금께 보고하니, 임금 또한 그 모친상 당한 것을 위로하셨다.

차설, 율도 왕이 삼년상을 마치니 대비가 이어서 세상을 떠났고 역시 아버지의 무덤 옆에 안장한 후 삼년상을 마쳤다. 왕이 삼자 이녀를 낳으니, 장자와 차자는 백 씨 소생이고, 삼자와 차녀는 조 씨 소생이었다.[12] 장자 현으로 세자를 삼고 나머지는 다 군(君)으로 봉하였다. 왕이 나라를 다스린 지 삼십 년만에 갑자기 병을 얻어 세상을 떠나니 나이 일흔두 살이었다.

---

11) 마음에 품은 생각을 적어 임금에게 올리는 글.
12) 장녀에 대한 설명은 빠져 있음.

왕비가 이어서 죽으니 선능(先陵)에 안장한 후, 세자가 즉위하여 대를 이어 태평 성세를 누렸다.

새로운 사회를 갈망한 의로운 영웅의 일생

『홍길동전』은 최초의 국문소설이자 영웅소설이고 사회소설이다. 이 작품은 연산군 시절 실존 인물인 도적떼의 두령 홍길동을 소재로 하여 당시 사회의 실상을 낱낱이 보여 준다. 이 작품의 지은이가 허균인지에 대해서는 논란이 있었지만, 허균의 작품으로 보는 것이 학계의 다수 의견이다.

허균(許筠, 1569~1618)은 조선이 낳은 천재 중의 천재다. 허균이 탁월한 시문을 지은 것은 그의 뛰어난 자질에 덧붙여 조선 중기 문화적 성취가 그 가문에 집중되었기 때문이다. 허균의 아버지 허엽(許曄)은 화담 서경덕(徐敬德, 1498~1546)의 수제자였고, 삼당시인(三唐詩人)[1]인 손곡 이달, 명필 한석봉, 서

---

1) 조선 중종과 선조 대에 걸쳐 시명(詩名)을 떨친 세 시인. 백광훈, 최경창,

산대사와 사명대사 등이 자주 그의 집을 드나들었다. 당대 으뜸 학자 및 예술가와 교유한 허균과 그 형제들은 곧 두각을 나타냈다. 허균의 형 허봉(許篈)은 봉당대 최고의 문장가로 이름이 높았고 그의 누이 허난설헌(許蘭雪軒)은 한편으론 호방하고 한편으론 미려한 시를 지었다. 또한 허균은 조선 최고의 감식안을 자랑하는 시 비평가이자 시인이고 또한 소설가였다.

허균의 삶은 파란만장 그 자체다. 20대에 터진 조선과 일본의 7년 전쟁(1592~1598)[2]은 그의 삶을 송두리째 흔들었다. 피난길에 아내 김 씨와 갓 태어난 아들을 잃었고 그 역시 죽을 고비를 여러 차례 넘겼다. 참혹한 전쟁 체험 이후, 그는 새로운 사회를 향한 갈망과 그에 미치지 못하는 현실에 대한 실망 속에서, 광기와 분노와 슬픔과 쾌락과 방랑의 나날을 보냈다. 30대에 보인 여러 기이한 행적 속에서도 그는 '지금, 여기'의 불행으로부터 도피하진 않았다. 특히 그는 뛰어난 외국어 실력을 바탕으로 조선 조정을 대표하여 명나라 사신을 공식적으로 맞아들였다. 그들 앞에서 조선의 시는 물론 당나라와 송나라부터 명나라까지 대표 시인들의 시를 줄줄 외우고 평한 일화는 유명하다. 허난설헌의 시가 일찍부터 명나라의 주목을 받은 것도 이때 허균이 누이의 시를 읊고 전한 데서 비롯된 것이다.

말년에 허균은 현실 정치를 통해 자신의 꿈을 실현하고자

이달을 이름.

2) 임진왜란과 정유재란.

분투했다. 광해군 시절 이이첨 중심의 북인 정권에 합류한 것이다. 허균은 광해군을 도와서 여러 가지 개혁안을 내놓았지만 역모 혐의로 체포되어 처형당한다. 이 갑작스러운 파국에 대해서는 두 가지 입장이 맞서고 있다. 하나는 이이첨과의 권력투쟁에서 밀렸을 뿐 혁명을 준비하지는 않았다는 것이고 또 하나는 혁명을 꿈꾸다가 발각되어 때 이른 최후를 맞이했다는 것이다. 후자의 경우 허균을 도와 혁명을 준비한 세력으로 무륜당(無倫黨)의 서자들이 거론된다.

택당 이식(李植, 1584~1647)은 허균이 『수호전』을 좋아하여 그 등장인물로 별호를 지었으며 허균과 친한 무륜당의 서자들이 『수호전』을 본받아 일을 도모하다가 발각되어 처형되었다고 지적한 바 있다. 무륜당의 서자 중 박치의가 실제로 화적떼의 두령이 되어 북삼도를 휘젓고 다녔다는 기록이 『광해군일기』에 등장하는 것을 보면, 홍길동이 의적을 이끌면서 탐관오리를 벌하고 백성에게 재물을 나누어 주는 것이 허균의 관념 속에서만 빚어진 일이 아님을 알 수 있다. 『홍길동전』은 허균을 비롯한 무륜당의 서자들의 눈에 비친 조선 사회에 대한 예리한 비판과 새로운 사회를 향한 갈망, 그리고 율도국으로 대표되는 이상향에 대한 그리움 등이 병존하는 작품인 것이다.

『홍길동전』은 홍길동의 일대기이며, 그 삶은 정확하게 '영웅의 일생'에 부합된다. 일찍이 김열규 교수는 Hahn-Rank-Lord Raglan-Campbell의 공통 유형을 통해 『홍길동전』의 공통 유형을 추출하였고[3], 조동일 교수는 주몽, 탈해 등에 이를 구체적으로 적용하여 홍길동의 일대기를 다음과 같이 정리하였다.[4]

1) 고귀한 혈통을 지닌 인물이다.

— 조정 대신의 아들이다.

2) 비정상적으로 잉태되거나 출생한다.

— 서자로 태어난다.

3) 비범한 능력을 타고난다.

— 태몽으로 용꿈을 꾸고, 총명하며, 배우지 않은 도술까지 구사한다.

4) 어려서 죽을 고비에 이른다.

— 자객이 길동을 죽이려 한다.

— 죽을 고비에서 벗어난다.

— 자객을 죽이고 살아난다.

5) 자라서 다시 위기에 부딪힌다.

— 의적을 이끌고 탐관오리를 혼내 준다.

6) 위기를 투쟁으로 극복하고 승리자가 된다.

— 병조판서를 제수받는다. 요괴를 죽인 다음 구출한 여인과 결혼한다. 율도국의 왕이 되고 부귀영화를 누리다가 일생을 마친다.

---

3) 김열규, 『한국민속과 문학연구』(일조각, 1971), 58쪽.
4) 조동일, 「'영웅의 일생'과 홍길동전」, 김동욱 편, 『허균 연구』(새문사, 1981), 20~32쪽.

홍길동의 영웅적인 삶은 가문에서 국가로 확대된다. 그가 영웅적인 활약을 펼칠 때마다 낡은 방법으로는 해결이 불가능한 치명적이고 근본적인 문제들이 부각된다.

홍길동은 "재주가 비상하여 한 말을 들으면 열 말을 알고, 한 번 보면 모르는 것이 없"는 신동이다. 그러나 홍 씨 가문의 틀에서 보자면, 그는 적자가 아닌, 아버지를 아버지라 부르지 못하고 형을 형이라고 부르지 못하는 서자일 뿐이다.

"대장부가 세상에 나매 공맹(孔孟)의 도학(道學)을 배워, 나가서는 장수가 되고 들어와서는 재상이 되는 것이 도리가 아니겠는가? 대장의 도장을 허리에 차고 대장의 단상에 높이 앉아 천병만마(千兵萬馬)를 지휘하여, 남으로는 초나라를 치고 북으로는 중원을 평정하며 서로는 촉나라를 쳐 업적을 이룬 후에, 얼굴을 기린각(麒麟閣)에 빛내고, 이름을 후세에 전함이 대장부의 떳떳한 일이다. 옛사람이 이르기를 '왕후장상(王侯將相)의 씨가 따로 없다.'고 하였는데 나를 두고 하는 말인가? 세상 사람이 가난하고 천한 자라도 부형(父兄)을 부형이라 하는데, 나만 홀로 그러지 못하니 내 인생이 어찌 이러할까."

홍승상의 첩이 자객을 부려 그를 죽이고자 할 때, 정실부인과 길동의 이복형은 그 사실을 알면서도 묵인한다. 서자가 지닌 비범한 재주 자체가 불경스러운 일로 간주된 것이다. 적자와 서자를 차별한 조선 시대 가문의 폭력성이 생생하게 드러나는 장면이다. 일찍이 아리스토텔레스는 『시학』에서 "가족

사이에 일어나는 비극적 행위, 즉 형제가 형제에게, 아들이 아버지에게, 어머니가 아들에게, 아들이 어머니에게 저지르는 살인이나 이와 비슷한 일이야말로 바로 시인이 추구해야 하는 것"이라고 지적하였다. 가정 비극이야말로 등장인물의 욕망이 밑바닥부터 고스란히 드러나는 이야기다. 가족에게 살해당할 위기에 처한 길동은 자객을 죽이고 집을 떠날 수밖에 없었다.

홍길동은 천 근 바위를 번쩍 드는 괴력과 합천 해인사의 수천 명 승려를 속이고 재물을 앗는 지략을 갖춘 청년이다. 그러나 조선이라는 중세 국가의 틀에서 보자면, 그는 나라를 어지럽히는 한낱 도둑일 뿐이다. 도적질을 하고도 의로움을 강조하는 길동의 언행은 역설적으로 조선이란 나라가 얼마나 의롭지 못한가를 드러낸다. 범죄를 다스려야 할 고을 수령이 부정부패를 일삼고 국가가 그 탐관오리를 처벌하지 못하는 상황에서, 길동이 이끄는 도적떼가 대신 그들을 벌하는 일이 반복된다. 도적떼가 고을 수령을 벌하는 것은 나랏법에 어긋나지만, 백성은 나랏법보다도 의로움을 따르는 길동에게 박수를 보낸다. 한 인간의 영웅다움은 제도나 법에 의해 판단되지 않으며 오로지 의로움에 근거한다.

따라서 『홍길동전』은 홍길동이라는 영웅의 출세만을 다루지 않고, 임진왜란 이후 산적해 있던 조선의 제반 문제를 폭넓게 다룬 사회소설이다. 적서 차별, 탐관오리의 횡포, 승려의 부패, 조정의 무능함 등이 적나라하게 담겼다. 홍길동은 이 문제들을 백성의 입장에서 비판하고 극복하기 위해 노력한다. 홍길동이 만든 '활빈당(活貧黨)'이라는 이름 자체가 백성의 편에 서서 목적의식적으로 삶을 꾸려 나가겠다는 의지의 표현이다.

『홍길동전』에서 율도국은 허균이 꿈꾼 유토피아이기도 하다. 홍길동이 율도국의 왕으로 즉위하여 봉건 체제를 그대로 따른 점을 한계로 지적하는 학자도 있지만, 자주 국방과 자립경제를 이룬 아름다운 나라임은 아무리 강조해도 지나치지 않다. 소설『홍길동전』에서 율도국은 나라 밖에 세워졌지만, 현실에서 허균의 마지막 나날은 조선을 율도국으로 만들기 위한 노력으로 점철되지 않았을까.

『홍길동전』은 폭발적인 인기만큼이나 다양한 형태로 출간을 거듭했다. 한글본에서 한문본까지, 필사본에서 판각본을 거쳐 활자본에 이르기까지, 시대를 초월하여 사랑받은 작품이다. 여러 이본 중에서, 완판 36장본과 경판 24장본을 택하여 쉽게 풀어 썼다. 경판 24장본은 판각본 가운데서 가장 오래된 것으로 학계에서 평가되어 왔으며, 완판 36장본은 길동에 대한 태몽이 화려하게 서술되고 진취적인 기상의 노래가 결말부에 삽입되어 있는 등 내용이 풍부하고 묘사가 다채롭다.[5] 소설의 이해를 돕기 위해, 완판본과 경판본 모두 같은 순서로 동일한 소제목을 붙였으며,『춘향전』에서 극적이고 아름다운 장면으로 이야기를 담아 내어 주목받은 백범영 화백의

---

5) 송성욱, 「홍길동전 이본신고」,《관악어문연구》13(서울대학교 국어국문학과, 1988), 123~125쪽.

한국화를 곁들였다.

1998년 겨울, 졸저 『허균, 최후의 19일』을 쓰기 위해 『홍길동전』과 『성소부부고』를 밤새워 읽던 기억이 새롭다. 의적 소설은 눈 밝은 작가가 사필귀정(事必歸正)이 무너진 시절을 힘겹게 살아 내는 독자에게 선사하는, 한바탕 신나면서 눈물겨운 선물인지도 모르겠다.

2009년 1월
김탁환

작가 연보

1569년(선조 2년) 11월 3일, 한양 건천동에서 초당 허엽의 3남 3녀 중 막내아들로 태어났다. 어머니는 예조 판서 김광철의 딸로 허엽의 후처였다. 허엽은 전처 한 씨와의 사이에 1남 2녀를, 후처 김 씨와의 사이에 2남 1녀를 두었다. 큰형 악록 허성은 전처 한 씨 소생이고, 작은형 하곡 허봉과 누이 난설헌 허초희, 교산 허균은 후처 김 씨 소생이다.

1572년(선조 5년) 허봉이 친시 문과에 급제하였다.

1574년(선조 7년) 김효원의 이조 정랑 천거 문제로 사림파가 서인(심의겸, 박순)과 동인(김효원, 허엽)으로 분열되었다.

허봉이 예조 좌랑이 되었고, 서장관으로 명나라에 다녀왔다.

1575년(선조 8년)	허봉이 이조 좌랑이 되었다.

7월, 심의겸과 김효원의 파당이 논쟁을 하면서 동서당론이 일어났다.(을해 당론(乙亥黨論)) 허엽도 동인의 영수로 깊이 개입하였다.

1576년(선조 9년) 허봉이 홍문관과 예문관의 응교를 역임하였다.

1577년(선조 10년) 건천동에서 상곡으로 이사를 갔다. 이곳에서 임수정, 임현, 최천건 등과 함께 공부하였다. 시를 잘 지어 칭찬을 받았다. 허초희가 김성립과 결혼하였다.

1578년(선조 11년) 『논어』와 『통감』을 읽었다. 허엽으로부터 우리나라의 역사를 배웠다.

1579년(선조 12년) 5월, 허엽이 경상 감사가 되어 내려갔다.

1580년(선조 13년) 『사략(史略)』을 읽었다.

2월 4일, 허엽(1517~1580)이 상주 객관에서 병으로 사망하였다.

12월, 허엽의 『전언왕행록(前言往行錄)』이 간행되었다.

1582년(선조 15년) 『당음(唐音)』을 읽었다.

시인 이달을 처음으로 만났다.

허엽의 신도비가 건립되었다.

1583년(선조 16년) 허봉으로부터 글이 늠름하다는 칭찬을 받았다.

허성이 별시 문과에 급제하였다.

6월, 허봉이 병조판서 이이를 탄핵하다가 창원 부사로 좌천되었고 곧이어 갑산으로 유배되었다.(계미삼찬(癸未三竄))

1585년(선조 18년) 김대섭의 둘째 딸과 결혼하였다.

봄, 한성부에서 치르는 초시에 임현과 함께 급제하였다.

6월, 허봉이 귀양에서 풀려난 후 백운산, 인천, 춘천 등지를 떠돌았다.

1586년(선조 19년) 허봉에게 글을 배우기 위해 처남인 김확과 함께 백운산으로 갔다. 고문을 배웠다. 그곳에서 금각, 심액 등과 사귀었다.

여름, 허봉의 오랜 친구인 사명대사를 만났다.

1588년(선조 21년) 9월, 허봉(1551~1588)이 금강산을 떠돌다가 금화현 생창역에서 사망하였다.

1589년(선조 22년) 생원시에 급제하였다. 함께 급제한 이이첨을 처음으로 알게 되었다.

3월 19일, 허초희(1563~1589)가 사망하였다.

1590년(선조 23년) 3월, 허성이 서장관이 되어 일본으로 떠났다.

11월, 『난설헌집(蘭雪軒集)』을 엮었다. 유성룡이 서문을 썼다.

1591년(선조 24년) 3월, 통신사 일행이 돌아와서 일본 사정을 보고하였다. 정사 황윤길과 서장관 허성은 전쟁

이 임박했다고 주장했으며, 김성일은 이와 반대되는 의견을 냈다.

1592년(선조 25년)	4월 13일, 임진왜란이 일어났다. 어머니와 부인 김 씨, 딸을 데리고 피난길에 나서서 함경도 단천으로 갔다. 7월, 첫아들을 낳았다. 아내와 아들이 연달아 죽었다. 가을, 강릉으로 옮겨 애일당에서 거처하였다. 교산이란 호를 쓰기 시작했다.
1593년(선조 26년)	10월, 강릉에서 『학산초담(鶴山樵談)』을 지었다.
1594년(선조 27년)	2월 29일, 별시 문과에 급제하였다. 봄, 승문원의 사관으로 요동에 다녀왔다. 여름, 소갈병에 걸려 강릉으로 돌아왔다.
1595년(선조 28년)	허성이 대사간이 되었다. 가을, 부인 김 씨의 묘를 단천에서 강릉으로 이장하였다.
1596년(선조 29년)	강릉 부사였던 정구와 함께 『강릉지(江陵誌)』를 엮었다.
1597년(선조 30년)	김효원의 딸을 재취로 삼았다. 『동정록(東征錄)』을 지어, 그때까지의 전쟁 상황을 사실적으로 기록하였다. 봄, 예문관 검열 겸 춘추 기사관, 세자시강원 설서가 되었다. 3월에 파직당했다.

4월 2일, 문과 중시에 장원급제하였다. 예조 좌랑이 되었다.

7월, 원군을 청하는 사신의 수행원으로 명나라에 갔다.

10월, 병조 좌랑이 되었다.

1598년(선조 31년) 명나라의 문인 오명제에게 『조선시선(朝鮮詩選)』을 엮어 주었고, 『난설헌집』을 명나라에 전파하였다.

10월 13일, 다시 병조 좌랑이 되었고, 평안도를 다녀왔다.

1599년(선조 32년) 3월 1일, 다시 병조 좌랑이 되었다.

5월 25일, 황해 도사가 되었다.

12월 19일, 기생이나 무뢰배와 어울린다는 이유로 황해 도사에서 파직되었다.

1600년(선조 33년) 3월, 부인 김 씨의 묘를 원주로 이장했다.

7월, 예조 정랑이 되었다.

1601년(선조 34년) 봄, 『태각지(台閣志)』를 엮었다.

봄, 전라도 지방 향시의 시관이 되어 돌아다녔다.

6월, 전라도와 충청도의 세금을 운반하는 해운판관이 되었다.

7월 23일, 부안의 기생인 계생과 사귀었다.

8월, 친구 임현이 사망하였다. 장례식에 참석하였고 글을 지어 곡하였다.

8월 14일, 진안에서 어머니 김 씨가 사망하였다.

7월~9월, 전라도 일대에서 기생 광산월과 사랑을 나누었다. 어머니의 상중에 기생과 사귀었다고 나중에 비판을 받았다.

12월, 원접사 이정귀의 부름을 받고 상경하였다. 형조 정랑이 되었다.

1602년(선조 35년) 2월 13일, 원접사 이정구의 종사관이 되어 서행길에 올랐다.

윤2월 13일, 병조 정랑이 되었다.

8월 27일, 성균관 사예가 되었다.

10월 1일, 사복 시정이 되었다.

1603년(선조 36년) 여름, 춘추관 편수관을 겸직하였다.

8월, 사복 시정을 그만두고 금강산을 구경한 다음 강릉으로 돌아왔다.

1604년(선조 37년) 7월 27일, 성균관 전적이 되었다. 허성이 예조 판서가 되었다.

9월 6일, 수안 군수가 되었다.

1605년(선조 38년) 2월, 허봉의 문집 『하곡집(荷谷集)』을 편찬하였다.

5~6월, 석봉 한호가 수안에 놀러와서 머물렀다.

11월, 불교를 신봉한다고 탄핵을 받아 수안 군수에서 파직당했다.

1606년(선조 39년)　아들 굉이 태어났다.

　　　　　　　　　1월 6일, 의흥위 대호군이 되었다.

　　　　　　　　　1월 21일, 원접사 유근의 종사관이 되어 한양
을 출발하였다. 서자 출신으로 오랜 친구인
이재영과 화가 이정 등이 동행하였다.

　　　　　　　　　3월 27일, 『난설헌집』을 주지번에게 주었다.

　　　　　　　　　4월 20일, 『난설헌집』에 대한 주지번의 글을
얻어 왔다.

　　　　　　　　　5월, 허성이 이조판서가 되었다.

　　　　　　　　　12월, 『난설헌집』의 서문을 썼다.

1607년(선조 40년)　허성이 예조판서가 되었다.

　　　　　　　　　3월 23일, 삼척 부사가 되었다.

　　　　　　　　　5월, 고을에 도착한 지 13일 만에 부처를 섬
긴다는 이유로 삼척 부사에서 파직되었다.

　　　　　　　　　7월, 내자 시정이 되었다.

　　　　　　　　　12월 9일, 공주 목사가 되었다. 여름, 가을, 겨
울 세 차례의 과거 시험에서 모두 장원을 하
여 공주 목사가 된 것이다.

　　　　　　　　　겨울, 우리나라의 시를 가려 뽑아 『국조시산
(國朝詩刪)』을 엮었다.

1608년(선조 41년, 광해군 즉위년)　4월, 목판본 『난설헌집』을 출간
하였다.

　　　　　　　　　8월, 공주 목사에서 파직되었다.

　　　　　　　　　12월, 승문원 판교가 되었다.

1609년(광해군 1년) 2월 15일, 이상의의 종사관이 되어, 이재영과 화가 이정을 데리고 한양을 출발하였다.

6월, 첨지중추부사가 되었다.

9월 6일, 형조 참의가 되었다. 망부인 김 씨에게 숙부인의 직첩이 내렸다.

9월말과 10월초, 원주에 머물렀다.

1610년(광해군 2년) 4월, 천추사가 되었으나 병으로 임무를 맡지 못하다가 탄핵을 받고 의금부에 잡혀갔다.

여름, 내내 아팠다.

10월, 나주 목사가 되었으나 곧 취소되었다.

11월, 과거 시험의 대독관이 되었다. 조카를 부정한 방법으로 합격시켰다는 탄핵을 받고 42일 동안 의금옥에 갇혔다.

12월 29일, 유배가 결정되었다. 전라도 함열로 떠났다.

1611년(광해군 3년) 1월 15일, 함열에 도착하였다.

4월 23일, 문집 『성소부부고(惺所覆瓿藁)』 64권을 엮었다.

11월, 유배지에서 풀려났다.

11월 12일, 한양으로 와서 잠깐 머무르다가 24일에 전라도 부안으로 내려갔다.

1612년(광해군 4년) 서산대사의 『청허당집(清虛堂集)』, 사명대사의 『사명당집(四溟堂集)』이 간행되었다. 이 문집들의 서문을 모두 허균이 썼다.

8월 9일, 허성(1548~1612)이 사망하였다.

12월에 왜정 진주사가 되었으나 곧 갈렸다.

1613년(광해군 5년) 호남 지방을 두루 다녔다.

5월, 칠서의 옥이 일어났다.(서양갑, 심우영, 박 응서, 이경준, 박치의, 박치인, 김경손)

12월, 예조 참의가 되었으나 곧 갈렸다.

1614년(광해군 6년) 2월 15일, 호조 참의가 되었다.

여름, 천추사가 되어 명나라에 다녀왔다.

1615년(광해군 7년) 2월 14일, 승문원부 제조가 되었다.

5월 15일, 문신 정시에서 장원을 하였다.

5월 22일, 동부승지가 되었다.

6월 5일, 가선대부가 되었다.

윤8월 5일, 가정대부가 되었다.

윤8월, 동지겸 진주 부사가 되어 명나라로 떠 났다.

1616년(광해군 8년) 4월, 사직 제조가 되었다.

5월 11일, 형조판서가 되었다.

10월 8일, 형조판서에서 파직되었다.

1617년(광해군 9년) 12월 12일, 좌참찬이 되었다.

12월 24일, 26일, 기준격이 허균의 역모를 고 발하는 비밀 상소를 올렸다.

12월 27일, 허균이 반박 상소를 올렸다.

1618년(광해군 10년) 1월 7일, 기준격이 상소를 다시 올렸다.

봄, 이달의 문집 『손곡집(蓀谷集)』을 간행하

였다.

윤4월 7일, 허균이 상소를 올렸다.

8월 10일, 남대문에 격문이 나붙었다.

8월 16일, 허균을 체포하였다.

8월 21일, 허균과 기준격을 대면시켜 함께 추국하였다.

8월 24일, 허균, 현응민, 우경방, 하인준, 현응민에 대한 사형이 집행되었다.

홍길동전
영인본

의졀박ᄒᆞ엿ᄂᆞᆫ지라 을왕이 ᄋᆞᆺ몰ᄒᆞᆯ 줄 모ᄅᆞᄂᆞᆫ 크게 놀ᄂᆡ여 궁
피혜쳔을 팔진을 어이 버셔나리오 ᄒᆞᆯ ᄯᆡ 창황으로 동셔ᄅᆞᆯ 모ᄅᆞ
ᄂᆞᆫ 황황ᄒᆞ더니 길동이 제장을 호령ᄒᆞ야 졀박ᄒᆞ라 ᄒᆞᄂᆞᆫ 소리 ᄎᆞᆷ
샹 ᄀᆞᆺᄐᆞᆫ지라 을왕이 ᄉᆞ면을 살피니 군ᄉᆞ ᄒᆞᆫ나도 ᄯᅩ로 ᄯᅩ 저셩
스미 스ᄉᆞ로 버셔나지 못ᄒᆞᆯ 줄 알ᄂᆞᆫ 바 분강을 이긔지 못ᄒᆞ야 ᄌᆞ결
ᄒᆞᄂᆞᆫ지라 길동이 ᄉᆞᆷ군을 거나려 승젼고ᄅᆞᆯ 울니며 본진으로 도
라와 군ᄉᆞ을 호궤ᄒᆞ고 을도왕을 왕비로 장ᄉᆞᄒᆞᆫ ᄉᆞᆷ군을 저
ᄎᆞ호ᄒᆞ야 도셩을 에워ᄊᆞ니 을도왕의 장ᄌᆞ 븨변을 듯고 ᄒᆞᄂᆞᆯ을
우러러 탄식ᄒᆞ며 인ᄒᆞ여 ᄌᆞ결ᄒᆞ니 제신이 ᄒᆞᆯ 일 업셔 을국 시
슈ᄅᆞᆯ 밧드러 항복ᄒᆞᄂᆞᆫ지라 길동이 대군을 모라 도셩의 드러
가 ᄇᆡᆨ셩을 진무ᄒᆞᆫ 을왕의 ᄉᆞ실을 ᄯᅩᄒᆞᆫ 왕네로 장ᄉᆞᄒᆞ고 각
읍의 대ᄉᆞᄒᆞ고 죄인을 다 방송ᄒᆞ며 창고ᄅᆞᆯ 열어 ᄇᆡᆨ셩을 진휼
ᄒᆞ니 일국이 그 덕을 치하 아니리 업더라 날을 ᄀᆞᆯᄒᆡ여 왕위예
즉위ᄒᆞᄂᆞᆫ ᄉᆞ샹을 추존ᄒᆞ야 태조대왕이라 ᄒᆞᆫ 능호ᄅᆞᆯ 현덕
릉이라 ᄒᆞ며 그 모친을 왕대비ᄅᆞᆯ 봉ᄒᆞᆫ ᄇᆡᆨ룡으로 부원군을

大明에 샏ᄇᆞ지 못ᄒᆞ오며 형쟝은 日군을 성 젼의 모쇄소 오니 훈
훈비형ᄎᆡᆫ지라 小흉 ᄒᆡ노 죠졔 マ삐를 어버 ᄒᆞ여 디킈를 ᄲᅮᆫ묻
지일이 아니랼 マᄒᆞᆨ의 다ᄒᆞᆫ 乙흉 긔 셰포ᄎᆞ의 흉 증 乙ᄂᆞ려
샤갈 동의 모 화ᄲᅥ씨를 이벌 흉 셔 포 ᄎᆞ의 다시 ᄆᆡᆺᄒᆞ 남문 ᄆᆡᆼ보 ᄒᆞ
乙 못 녀 션ᄉ 흉 더라 쇼쳔 일 쳠을 지 쵹흉 여 乙 국 ᄋᆞ로 춍흉 셔
걸 동 읫 쵸쏫을 쟝 乙 ᄲᅪᆺ을 포구 다 이벌 이오 랼 지 라 ᄎᆞ 졔 ᄂᆡᆨ 의 쇼
졍을 쌀 퍼 샹 젼 의 더금 손 죠을 다 시 보 게 ᄒᆞ 라 ᄉᆞᆼ ᄯᅢ 쳥 오 ᄆᆡᆼ 지
눈 믈 이 오시 깃을 젹 시 ᄂᆞᆫ 지 라 걸 동 시 쇼 흉 니 곤 믈 을 지 며 엿 졍
쟝은 乙 국 의 도 라 マ ᄯᅥᆨ ᄋᆞ 잇을 모 시 乙 ᄲᅢ 체 무 만 흉 흉 죠 쳐 다
시 모 들 거 앙을 졍 쳐 못 흉 ᄋᆞ 니 남 북 수 쳘 셩 리 의 ᄲᅩ 흉 앙 금
의 이 불 이 ᄒᆞ 乙 쳑 셩 의 나 리 乙 ᄲᅩ 흉 ᄆᆡᆼ 슈 쳘 셩 시 북 ᄋᆞ 로 마
거 러 기을 ᄯᅡ 심 ᄒᆞ 며 동 으 로 흘 ᄂᆞᆫ 바 랼 션 롬 이 ᄋᆞ 니
셩 니 소 벌 을 샹 흉 오 그 쳥 회 노 파 大 흉 マ 지 라 아 모 리 쳘 셩
군 쟝 싣 들 大 ᄲᅥ 견 디 리 오 흉 ᄯᅥ ᄃᆞ 줄 무 눈 믈 이 ᄲᅩ 으 리 을 ᄯᅡᆺ 듯
더 러 겨 디 진 실 노 ᄲᅢ 乙 샴 셤 흉 ᄲᅢ 디 라 강 수 위 흉 여 쵸 렁 흉 ᄯᅩᆫ

라 흔다 을동이 되희 보기스스로 몸을 숨기치못호 해소

쥐지 핫을 방을 호여 명 호항 쳔의 도라 게되여 호의 너 붓우

신초 호스명의 를 맛스오니 셩셩 은 궁픠 션 의 의 죽구 시험 호

초쳐 골동이 금냥을 셜 긔행 호 봉을 너여 슐 의 판 쥬구 그금

셩이 바다 마시 뎌 이옥신 몸을 뒤 치며 요링 호 크게 질너 호

너 ᄆ 넓노 더브 리 졀 큰 징은 일 이 셩거 든 무숨 실 노 낫을 슐 긴 허

여 죽 거 려 호 눈요 호 여 졔 동셩 등을 블 녀 앗 쳔 만 몽 의 헤 을

졍을 맛나 명을 쏜 치 계 뒤 더 희 등 은 이 눔 을 늣 치 말 긴 니

의 원 슈 을 들 긴 니 다 라 라 호 안 인 호 여 쥬 구 보 는 을 눙 이 일 식 의

광 을 들 을 호 여 꽝 푸 라 호 안 인 호 여 청 을 무 숨 최 코 죽 과 나 바 내

광 을 바 드 라 호 거 날 졀 동 이 넘 요 왈 졔 명 이 그 샘 이 라 니 엇 지

쥼 여 쏘 리 오 호 딩 을 동 이 되 도 동 시 꽝 을 드 러 졀 동 을 호 치 라

위 호 호 미 믓 을 낫 며 꽝 줍 으 로 다 라 바 나 을 동 이 분 닌 눈 발

넌 ᄆ 군 옵 기 라 ᄑ 을 의 젹 촌 지 짐 이 헝 쳐 소 쳬 지 라 ᄆ 슈 호 요

영인본   197

나의 걸등을 도난하녀 그띠 엣더 호스럼이 피이샤 셕왕나며
걸동이 되샤 나며 조션국스럼으로 이로좀의 쌕 키러왓다마
걸을샇코 이신 되얏노라 호니 그즘성이 빠 기눈빗 처시잇셔므로
되 그 딘흐 히 의슐을 싸 산 아우리 되왕이 셔로 이 띠인을 언
어 쥔쌓 전치호며 걸의 띠너 밧샇이 드러와 우리
되왕의 마슘을 싸쳐 지금스경의 이르 란시 여 자라소실을다 힝
이 그 딩흘 씨 삿 씨 일엇의 슐을 싸 걸등우리 띠왕의 병셰
욜회보구궤 호라 걸등이 되얏 니비록 편졍의 적조 난셩셔거나
와 좀쳬병의 샇의 삼치아우 노라 호녀 그군스그 게것거흘
야샀으로드러 맛더나 이우흘 야쳥호거샇걸동이드러며 짜
졍흥의 그쟝수즘즘이신슴호며 샇보의 명이조모를 보쳘
처못즐니니 천우신조호샤 쳗셩을 싸노우니 쳗샇을 싸 핀쌓이
쳗조명을구궤호용조셔걸동이급 쳗을쌓 핀쌓이는
어렵지아녀 호병이라니게조흔아이잇슥 리호번써그별내
만샹쳐의이흘쌤쌓 다라 병이요 궤흐인장셩놈스흐리

ㅇ이스미 ... 이진 ... ㅎ야 신하 ... ㅎ며 ... 하니
은 홍방처 못하 배라 친히 군심 하대 ... ㅎ니 ... ㅎ지
으로 장지 못하 지라 ... 심이 ... 동하 ... 그 잇저 ... 호지
라 ... 그 적 ... 취하 ... ㅎ야 ... 하니라 ... 신병조 ... 저
청을 더 걸 ... 갈 동을 ... 하시니 ... 동이 ... 하실 ... 단 ... 일수
성명을 거나 ... 동 덤 으로 ... 초 ... 기 ... 범조 ... 일 ... 위 ㅎ
여 철하의 이르럼 ... 빗 ... 리 ... 처은 이 ... 국 하 ... 분 의의
은 닭 이디 ... 아의 오 ... ㅎ야 ... 국 ㅎ야 신 의 ... 이 성은 ... ㅁㅎ
분지 셜도 ... 지 못 ... 공 하니 이 다 하 ... 도 라 하 더니 이후
로 ... 동이 다시 ... 하 ... 임 ... 지라 ... 도 의 걸 동 하ㅇ
논영을 거두시다 삼 보 후 의 삼 이 헐 야 을 망 하ㄴ 즉 ㅎ
거니 리시 ... 하 ... 경 하 시 더니 ... 하 ... 하 쳔ㄴ 안 이오
운을 ... ㅏ려 ... 북 지 라 상 이 ... 마 ... 구ㅅ더 기 인
인구지의 임 ㅎ여 무슨 허물을 이르ㄴ 저 ㅎ 낫 ... ㅎ신 디
그 ... 이 주 ... 인 은 ... 병조 ... 서 ... 동이로 ... 어 다 ...

쳥ᄒᆞ여집의도라와ᄉᆡᆨ을ᄉᆞᆯ지아니ᄒᆞ고병측의모셔조ᄎᆞᆷ의
나ᄋᆞᆨ지아니ᄒᆞᆫ지임무닭이나문지라조경ᄉᆞ권을아지못ᄒᆞ더
니문득법판이나와조명을젼ᄒᆞ고ᄉᆞᆼ상을졀옥의나류소고판
셔를핀조ᄒᆞ시난지라일가황ᄒᆞ붐ᄌᆞᆼᄒᆞ더라판셔걸하의나ᄋᆞ
ᄀᆞ더져ᄒᆞ나상이ᄆᆞᆯᄉᆞᆫ경의셔졔길동이난ᄂᆞ의도젹이되
여범남ᄒᆞ미이ᄀᆞᆺ트니그죄을의논ᄒᆞ면ᄆᆞᆺ당이연좌ᄒᆞᆯ거시로
되고위안셔ᄒᆞ나니이졔로경상도의나려ᄀᆞ길동을ᄌᆞ바ᄋᆞᆼ씨
일뉸지환을면제ᄒᆞ라ᄒᆞ시니길현이복지ᄉᆞ왈쳔ᄒᆞᆫ동
싱이일즉ᄉᆞᆯ음을죽이고도망ᄒᆞ여나ᄀᆞᆺᄉᆞ오미ᄌᆞᆼ죄을모
로옵더니이러ᄐᆞᆺᄌᆞᆼ죄을지으니신의죄맛당히버혐즉ᄒᆞ오
며신의아비나히팔십의쳔ᄒᆞᆫ주식이나라의도젹이되엿ᄉᆞ
오미일노병이되여ᄉᆞ경의잇ᄉᆞ오니복원젼하는하히ᄀᆞᆺᄐᆞᆫ
은덕을나리오ᄉᆞ신의아비로ᄒᆞ여곰집의도라ᄀᆞ조병ᄒᆞ게ᄒᆞ
시면신이나려ᄀᆞ와셔제길동을ᄌᆞ부젼하의밧치리다ᄒᆞ나상
이그효셩을감동ᄒᆞᄉᆞᄒᆞᆼ모ᄂᆞᆫ진의로보니여쳐병ᄒᆞ라ᄒᆞ시

치탈호옵고 쟝안 밧괴 구경하며 졈졈 호쟝 호

안딕□로 왕닉호며 작난호고 나샹호되 의 혹공 야고 이

혼일이 만호여 일국이 쇼동호거 지라 샹이 크게 근심호시더니

우승샹이 쥬와신 딕 소신도 졈졈 길동을 쳔슈샹 홍모의 져

조라 호오니 시졔 홍모를 두시고 형의 죠판 쉬 길쳔으로 경

샹감 소을 보원홍옵셔 날을 쳥호여 그 졔 길동을 줏 밧 치

라 호오니 졔 맘이 불쵸호도 호농이나 구부형의 낫 출 보와

스스로 잡필 ㅁ흐느의다 샹이 맛당홀드르시고 즉시 홍믄을 졈

부의ㄱ 투라호시고 길쳔을 핀즈호시니라 이젹의 홍숭상이

길동이 흔번 떠난후로 소식이업셔 거쳔을 모로머니 두의무

손일이 잇슬ㄷ 엄예호시더니 쳔만몽믜밧긔 길동이 나라

젹이되여 이럿툿 작난 호민 놀나온맘음이 엇질홀줄 모로고

이소연을 미라나라의 품죵 긔 도어렵고 모로노쳬 안 젓과도

어려우일셤의 명이되여 침셕을 인고 의지못 ㅎ 는 지리 장고

길쳔인 조 폰 셔의 잇더니 부친의 병셰위중 ㅎ 시민 말믈

술이고 슈졍왈 너쳥을 일병변할거시로되 이슈이영살 역모

라보너거로 너히 도방숑즁 니도 라 일후의 눈 다 시 충쟝 군 고

잡겅을셩의 치말 낭즁 니 이업 이고 졔 야 인 갈줄을 안 붓고

러 아 모 말 도 못 호 고 머 리 을 슈 긔 즁 < 호 더 니 이 의 긔 안 주 다 대

줌 교 조 오 더 니 문 득 섯 다 르 니 < 졍 을 요 동 치 못 호 고 눈 의 보 리

눈 거 셔 언 눈 거 라 쥬 도 록 벼 셔 눈 니 마 규 푸 딘 예 드 럿 눈 지 라 그

압 푸 쏨 마 규 푸 딘 두 리 달 여 날 솔 너 보 니 어 쒜 밤 의 홈 과 잡

피 여 지 던 소 룸 의 요 문 경 으 로 보 뇌 군 소 라 이 업 이 어 이 업 셩 우

어 왈 나 낭 더 흔 소 년 의 겟 소 겨 여 이 라 르 즁 엿 거 니 와 너 희 난

엿 챤 년 고 호 므 르 니 그 곳 셔 롱 우 어 왈 소 인 등 은 아 모 규 졈 의

쳐 죵 입 니 엇 짐 즁 여 이 고 디 이 른 줌 아 짓 못 호 >니 아 다 호 라 셔

면 을 살 펴 보 니 강 안 북 약 일 비 라 이 업 왈 허 망 혼 일 로 다

야 팔 도 의 쳥 현 호 되 노 회 알 젼 업

숌 마 발 구 치 만 낭 의 라 이 젹 의 길 동 의 규 단 이 신 츌 귀 물 호

중 셔 소 로 쥽 도 즁 선 찬 주 제 흑 며 각 읍 젼 공 님 믈 을 츼 발

흑 며 각 읍 젼 공 님 믈 을 츼 발

셩샹박청크군윤옥호거날 너희놈이놀을소겨고 임군의게
무고호여오른소람을 희죄쳐호 믹쳐우의셔니 깃튼갑숀류
를갓박다국다듯로옴을졍게죄쳐옹시니 혼치만나옹고황젼
역소을명호여왕의업을 줍포풍도의닌부쳐엉블틀셰계홍라
훙니이영이머리를슨희두리머소죄왈파연흉쟝군의과옵
의다니며쟉난흉와민심을소동케호시민국왕이진로홍사
거로신곳의도리의안 못짓못듕와발포즈로붕명훙고 나와
쏫오니인간의무죄훈목숨을 안셔듕읍소셔무슈이읻결훙
니좌수체씩이며천상으셔그거동을보크겐우의며궁을
명흉야의업을호박흉 몡졍샹의안치고슐을쳔훙며왈 급디
머리을트러날을보라 눈꼿슈쳡의셔맛 넌소룸이오고
스룸은굿충궈동의라 그딕굿토이눈슈만명이라도나를줍
지못훌지라 그딕을유인흉 여이리오거 난우리위엄을뵈게
홍민요일후의그딕와굿치범남훈소룸이읻거든그딕로호
여곰말이2게홍미로라호고쏜두 엇소룸을줏보든니졍쳐의

날ᄎ졈의ᄃ러쉬더니이윽고엇ᄒᆞᆫ소년이나ᄭ귀를타고동ᄌ
슈일을건ᄂ라ᄭᅩᆷ드러와좌졍후의셩명과거지를통ᄒᆞ고답화
ᄒᆞ더니그셔ᄉᆞᆼ이ᄎᆞᆫ탄왈보쳔지쳥막비왕토요솔토지민이
의비왕신이라ᄒᆞ계ᄐᆞᆫ됴ᄒᆞᆼ길동의팔도의ᄌᆞᆰᄂᆞᆼ여민심을
요란ᄭᅦᄒᆞ미쳔하진로ᄒᆞᆼᄉᆞ팔도의횡관ᄒᆞ여방곡의지위ᄒᆞ
여ᄌᆞ부라ᄒᆞ시며죵시잡지못ᄒᆞᆼ니ᄂᆞᆷ와혼망음은일국이혼ᄭ
지라날ᄭᅩᆺ튼소ᄅᆞᆯᄃᆞ약관ᄒᆞᆼ븍이셔이도젹을ᄭᅥᆺ바ᄂᆞᆯ의근
싱을덜ᄭᅩ졍충되ᄒᆞᆷ이녁ᄼ지못ᄒᆞᄭᅩ딩플도들ᄂᆞᆷ스름이업ᄂ
미ᄭᅵᄐᆞᆫ이뮤이득이업의그셔싱의모양을보ᄭᅩ맏을ᄃᆞ르미젼
이말이여츙의을검ᄒᆞ스ᄅᆞ일ᄃᆞ닉비록뇽녈ᄒᆞᆫ쥬긜로
슬도의ᄭᅵ남ᄌᆞ라심녁ᅵ예졍보ᄭᅩᆼ얀ᄉᆞᄭᅮ손을ᄌᆞᆷ곽왈쟝ᄒᆞᆫ
ᄡᅥ그ᄃᆞᆨ의뒤플도ᄼ거신ᄂᆞᆯ파흥거이도졍을ᄌᆞᆷ부미엇더ᄒᆞ
뇨혼ᄃᆞ국소년이ᄯᆞ혼위ᄉᆞᄭᅩ왈그ᄃᆞᆯ말솜의ᄀᆞ러홀쳔ᄃᆞᆨ이
계날과흠ᄭᅵᄌᆞ조을시험ᄒᆞᆼᄭᅩ홍길동의거쳐ᄒᆞᄂᆞᆫ듸를탐
진ᄒᆞ리라ᄒᆞ니이업잉용나ᄒᆞᆼᄭᅩ그소년을ᄯᆞ라흠ᄭᅥ길ᄯᅩᆯ산

220

천금상을즁이라조흥심고팔도의어스을나류와민심을산
돈흥꾀어도겨을즈부라즁시니라이후로낙김동의쇽쌍팔을
타고단의며슈령을임으로츌쳐즁고쵹창꼬을통긩즁여박
셩을진휼즁며좌잉로조부노스리며옥문을열고무죄흥
로운방송즁녀단이되과읍이즁시고춍겹을모로고도뢰혀
분쥬즁여일국이흥춘훈지라젼하젼로즁스구롯딕이엇더
훈놈의용밍이훈날의팔도의당이며이잇치다난즁뇌꼬날
을위즁야인봄을조블젼염스니구쳐흥심즁도다즁시니게
하의훈스룸의즁반쥬왈신이비로저조업소나일지병을
쥬시면홍길동딕겨을조부젼하의근심을덜어스두춍겨날
모다보니이눈꼿포도댱쟝이업이라젼하긔특의녀것스졍병
일쳔을쥬시니이업이즉시쳘하의슉빈증직즁고직일발즁
훈셔과쳔을지닉여눈과구즁을분발즁야야소금을졍츙뢰
녀하낙이리근고딕로즛츠아모날문졍로모히라즁고
미복으로형즁야슈일후의훈꼬디이르니날

로마 난거시 쳠길동 인불을 모로더라 각각 팔도의 횡힝ᄒᆞ며

블의ᄒᆞᄉᆞ슬의 직믈 아셔 블샹ᄒᆞᆺᄐᆞᆯ 구체ᄒᆞ고 슈령의뇌

믈을 탈취ᄒᆞ고 챵고을 여러 백셩을 진휼ᄒᆞ니 각읍 소동ᄒᆞ

여챵곡직긘 군ᄉᆞ잠을 일코 직못긴 길동의 슈단이혼

변숨 조긔면 풍우다차ᄒᆞ며 운무ᄌᆞ옥ᄒᆞ야 쳔길을 분별치못ᄒᆞᆼ

니 슈직ᄒᆞᆼ 난군ᄉᆞ손을 묵군 다시금 체치못ᄒᆞᆼ눈지라 팔토의셔

작난즁ᄒᆞ되 명백기위여 왈 환빈강장슈홍길동이라 계명ᄒᆞ며

횡힝즁ᄒᆞ되 뉘눙히 즁경을 조부리오 팔토 감ᄉᆞ일시예 장문으

올이거날 쳔하 특견ᄒᆞᆼ 셔나 각ᄀᆞ즁ᄒᆞ여시되 홍길동 되쳑인ᄒᆞ히

풍운울 부려 각읍의 작난즁ᄒᆞ되 아모날은 이리ᄌᆞᄌᆞ ᄒᆞᆼ공을의

군긩을도 쳑즁ᄒᆞ고 암모체난 아모ᄀᆞᆯ의 챵곡을 탈취즁ᄒᆞ여시

되 이도졕의졋쳥을 ᄌᆞ집지못ᄒᆞ며 여황공ᄒᆞᆼ셔 연을 샹달ᄒᆞᆼ니 아

다ᄉᆞ여거날 쳔하보사고 뎍경즁ᄒᆞᆺ 각도 쟝문일즈를 샹고ᄒᆞᆺ셔

니길동의작난쳔날니 이동원 동일라 젼하크게 심즁ᄒᆞ샤일

변연읍의 홍교ᄒᆞᄉᆞ 믄로ᄒᆞᆺ 셔인ᄒᆞ고 맛일이도 졉을 소부면

도라와 잔쳥을 배풀고 갈 거번 왈 우리 이졔 난빅셩의 졀믈은
츄오도 달쳐치말 고각읍 슈령과 방빅의 준민고퇴승는 졀믈
을 노략ᄒᆞ야 혹 흉상훈 빅셩으로 구계호지니 이동호로 왈 빈
당 의라ᄒᆞ리ᄒᆞ고 쏘 구로 더 함경 간 영으셔 군국와 곡식을 일
코 우리중졉은 아지못ᄒᆞ미 겨간의 이민 ᄒᆞᄉᆞ옴이ᄒᆞ야 힝상할
져 낙몸의 졀을 지혀 이민 빅셩을 께도라 보니 댱ᄉᆞ 그롬은 비
로 아지못ᄒᆞ는 쳔빌의 두렵거 아니ᄒᆞ랴 ᄒᆞ고 즉셔 감령 북문
의 썻 붓치되 창곡 파군 긔도 졉ᄒᆞ 긔난 활 빈 당장 유즁 길동 이
라 ᄒᆞ여 더라 일ᄋᆞᆫ 길동 이상곽 충되니의 팔 쟛 무상 증 셕졉을
도망ᄒᆞᆼ 여 몸을 놀ᄂᆞᆷ호결의 붓쳐시나 봄집 이 아니라 입션ᄉᆡ
명ᄒᆞᆼ 셔우희로 임군을 도와 빅셩을 젼거고 부모ᄋᆡ게 영화을
뵈일거시연남의 쳔닐을분 이녁겨 이지경이 일릿시니 쳣
라 리일노 신ᄒᆞ여 군일홈으로 어덥주셰 예젼ᄒᆞᆼ 리라 ᄒᆞ고 촌인
일급을 망 그라 곽ᄉᆞ 군ᄉᆞ 숩 병식 영건ᄒᆞᆼ 야 팔도의 남발할 성
다 과 미 훈 뵈을 붓쳐 조찰 모궁 ᄒᆞ니 군ᄉᆞ 셔로의 심 ᄒᆞ여 언도

당의ᄀ러ᄀ즁의쟝슘을닙고잇ᄉ갓을쓰고놉푼몽의쏠ᄂ관
군을불녀위여왈도젹이북편소로ᄎᄉᄉ니이리로오잔만고
그리ᄀ표챵읍소겨ᄒ며쟝슘소밍을날셕북편소로를ᄆ
ᄎᄂ관군이오다ᄀᄉ난노ᄂ울바리고노승의ᄆ리치ᄂᄂ로북펑소
로ᄀᄀ걸ᄋ길동이나려와츅젹법을힝ᄒ야졔젹을인도ᄒ야
동즁으로도라오니졔젹이치하눈ᄉ츄더라이젹의잡쳐쳔이
관군모라도겨을츄롱송되ᄌ쳐을보지못ᄒ고도라오ᄆᆯ일
읍이소동ᄒᆞ노지라이연윰을관영의쟝문ᄒᆞ니감소두고노니니
여각읍의발포ᄒᆞ여도졉을ᄌ나되종시형지을몰나도렸분
쥬슈ᄐ라일ᄋᆞ둔길동이졔졉을불녀의논왈우리비록ᄂ녹님
의몸을ᄇᆞᄉ쳣시나ᄂᆞ라빅셩이라쉐딕로ᄒᆞᄂᆞᆯᄉ슈통을먹으니
맘일위퇴ᄒᆞ니젼을강츙면맛당이시졀을ᄆ듬쎄고신군ᄂᆞᆯ토
을지니엿지병법을심쓰지아니ᄒ리오이쳬군깃을도모ᄒᆞᆯ모
쳑이잇신아모날삼졍감영남문밧긔ᄂᆞ군쳐이시초을슈ᄒᆞ운
ᄒᆞ영다고ᄂᆞ군ᄇᆞᆸ슴경의비틀을노ᄒᆞ먼ᄂᆞ소의ᄇᆞᆸ치못ᄒᆞ졔ᄒᆞ운

짐든흉신을호령호며계승을알게ᄒᆞᆯ백ᄅᆞ저톡이경희ᄆᆞ

트자라흉신이일셰예다려졀승을졀박ᄒᆞ려엇지일분이

잇ᄉᆞ리요잇ᄯᅡ쳑의계젹이동구ᄉᆞ뎌의만보궁여ᄃᆞ의긔ᄆᆞᆯ

탐졍ᄒᆞ고일시ᄒᆞᆯ녀들이ᄒᆞᆯ열포슈만금지믈을계졉쳐

ᄆᆞ다싱우마의실꼬간들ᄉᆞ지을요동치못ᄒᆞ노졍드리엇지금

단죵리요다만ᄋᆡᆼ으로워틍타ᄒᆞ노ᄅᆞ린동즁임분혀지는ᄃᆞ종

더라이셩ᄉᆞ즁의ᄒᆞ모궁의잇쳐이즁의ᄒᆞᆷ에쳐아니즁고졀을

쳑기다ᄆᆞ난당엽ᄂᆞᆫ도쳑이드러와끌를열고계것ᄆᆞ쳑ᄃᆞ시ᄒᆞ

민잡피도망ᄒᆞᆫ여합쳔콴가의ᄆᆞ연ᄒᆡᆼ을알외니합쳔워이뎌

경일변판안을보니며쑈일변판군을조발ᄒᆞ여츄죵ᄒᆞ노지

라모든도졉이젹믄을실쑈수믈을몰ᄂᆞ나셔벌별니닙늘로보니

슈쳔군쇼풍슈굿치모라오미셔글이ᄒᆞᆼ날셕다ᄒᆞ는ᄃᆞ츙더라계

쳑이닥졉ᄒᆞᆼ야ᄀᆞᆸ눌를아졉못ᄒᆞ고도로ᄒᆞ려길동을원망ᄒᆞ노

자라갈동잇ᄉᆞ활ᄂᆞ희엇거니의ᄲᅵ계을아니요연녈말ᄭᅩ남편

틸도ᄯᅩᆼ라ᄂᆞ쳐오ᄂᆞ판군을ᄲᅳᆯ편쇼로ᄯᅩ계슈리라ᄒᆞᆼ고념

계히 안수의가 졔승을 다결 박흘 거시니 녀희등의 근쳐의미
보공엿다공 일시의 졀의 드러와 졍믈을 슈탐호여 지고 뇌
의 고르친 눔디로 힝호되 부딕영을 어기지 말호고 강딘훈
츙인 십여인을 거나리고 희인슈을 향호니 잇찍 졔승이 동
구 밧긔 나와 뒤후호는지라 길동이 드러고 분분이 왈 소 졔승이
노소 업시 혼눈 도색지 말꼬 일졔 쳐졀 뒤벽게로 모희라 오
날은 녀희와 홈긔 종일 포취호고 노리라 호니 즁드리 먼괴도
위홀뿐더러 분부즐 어긔오면 헌여 죄쓸 밧겨 위즁 샹알시
의 슈쳐 졔승이 벽게로 모흔니 소즁은 통이 비엿노지라 길동이
좌상의 안고 졔승을 쳐례로 안친후의 각샹을 비도 쇽도 권
흥며 즁의 드々이 슈즁 야셕샹을 드리거날 길동이 소민로셔
모린을 너여 입의 닛쵀 부니 녀희돌 쒸지 눈소리여 졔승이 혼블부
진눌 노지라 길동이 딕로왈 닉 녀희로 더부려 즁소쇽 집분읭을 닉
니꼬 즐긴후의 유쵸여풍 부동 렷더니 이완만호 혼놈드리 날
솔옹가히 보고 음식이 부졍호미 잇도々여 통분혼지라 다리

되젓계공부天로오션다ᄒᆞ니ㅅ춤계승노믄을듯고의논

되져샹ㄱ젓졔쳘의거쳐훙시며그심이젹거아ᄒᆞ리로다줄

ᄭᅮ일시의동구밧긔ᄆᆞᆺ문안ᄒᆞ니길동이혼션이ㅅ즁의드러

ᄆᆞ좌졍훙의계승을당ᄒᆞᅌᅧ왈닐르니비졀이경셩의유명

ᄒᆞᆼ귀로소문을놉피듯ᄭᅳ면닐을혜아리자ᄒᆞ나ᄒᆞᆼ고훈녁권ᄂᆞᆯ

도훙고공부도즁러ᄒᆞ야왓시니ᄂᆡᄋᆡ도ᄭᅵ로희셩ᄭᅡ지말쌈

더러ㅅ즁의머무ᄂᆞ잡인을일졔믈이쳐라니아모곳을아즁

의ᄀᆞᆫ본관을보고빅미이십셕을보닐거시니아모날을졍ᄒᆞᆯ

작만ᄒᆞᆼ라ᄂᆡ희로더ᄇᆞ러슈소잡ᄂᆞᆫ을ᄇᆞ라ᄒᆞ고동낙훈후

ㅅ뎐을로단이며둘가살판후의도라와젹군슈십인의게빅

이십셩을보닉며왈아모즁의셔보니터라이르ᄂᆞ라ᄭᅦᆺᄋᆞ

이엇지ᄃᆡ쳐의흉계을아라오ᄒᆡᆼ녁방부을어긔일ᄭᅮ념예ᄒᆞᆼ

여그빅미로즉시음식을작만ᄒᆞᆼ며일변슈즁의머무ᄂᆞ는잡인

을다보닉ᄂᆞ니라ᄀᆞ약훈날의긔동이졔젹의게분부ᄒᆞᆼ되이

줌이슈쳔명이라 그졀을치고졍믈을아슬모쳑의업뉴져라

슈쳐이두ㄱ징을능히쳡즁、면o늘ㅅ빗텀광슈ㅇ룰봉ㅎ리랑

거날길동이말을돗ㄱ우겨와ㄷ창부셰샹의쳔o、미맛당이

샹통쳔문즁고부찰찰지리ㅎ고즁찰안의홀져라엇ㅅㅁㅑㄹ

을겁ㅎ리요ㅎ고직ㅅㅣ팔슬것ㄱ곡고ㅣ나약、초부젹을드러

팔우의언ㄲㅗ슈십봉를힝ㅎ、당ㄷㅗㄷㅗㄱ져리에노ㅎ되일분게

우늗긔셕이업스니보든슬롬의딘쵸와실노쟛ㅅ도다ㅊ고

샹좌의안치고슐을권o、며쟝ㄲㅏㄹ인가려치하분ㅎ즁뉴져

라길동의군ㅅ을명o、셕빗ㅁㅏ읔ㅈ바ㅍㅏ를마셔、밍쉐충셔졔

군으케호령왈우ㄹ긔박인이오늘빗텀ㅅ셩ㅍㅏ람을춘ㅎㅁㅈㅕ

훌진니맛일약속을빈반ㅎ고영을어긔오ㄴ녀져ㅇㅅ면 군법

으로셔힝ㅎ라라ㅎ니 쳰군이일시여 쳥영ㅎ고ㅡ글그ㄷㅏ랏ㅊ힐

후의쳬군의게분부왈、참쳔회인ㅅ의ㅁ모쳥을경즁ㄲ오

리라ㅎ、고쳐동복셕으로、귀을타곡즁졋슈읜을다ㄱ고ㄱㄴ

완연혼졍샹의ㅈ 졔리라ㅎ、잇ㅅ의노믄ㅎ、뎡셩쵸ㅅ샹

우리가 보안 이 대전안 지력을 막걸스되 지금 두목 정일스

흥리업셔유여 미견흥 거니와 나는 엿더훈 아형로셔 감흥수

리년셕 일들 입흥여 언소 서렷듯 꾀만흥 인명을 성각흥야

살펴보니니 급 퍼도라 마 흥 곳 등 머리 니 치거날 길동 일들 몬

밧긔 나와 큰 남글 쎠 걸굴을 쓰되 용의 엿 튼 물의 줍 겨시니여

벌이 첨노이며 범이 접풍숨품을 일희미 여희와 톡긔의 조

롱을 보 눈쏘도 소리 치아니 녀셔 풍용을 얻어 먼그 벽과 촉낭기

어러오리로다 흥엿더니 흔군스 그글을 둥셔 흥여 좌중의 일리

니상좌의 흔소룸 이 그글을 보 다 여러 소룸 의 게 쳥흥 여왈 그

아히 거동 이 비범홀 뿐 안이라 덕옥 길흉오상 의 긋 체라 흥니

슈오을 쳥흥여 그 젼쥬를 시험 후의 쳐쳥흥 미럽롭 저 안

타흥 니 좌중 계인 이 웅낙 흥여 즉시 길동을 쳥흥여 좌상의

산 치고 일로 되즉 금 그리 인논 이 두 지라 호 낭은 이 압 포 쵸 부

셔 이 라흥 난 독긔 잇 소니 즁 의 쳔연 이라 좌즁 으셔 노 용 의 케

230

라비양으로쥬겨ᄒᆞ더니훈끄덕바ᄅᆞ보니고히흠표즈쉐

닌물을조촛써오거날인ᄆᆞ잇뉴굽짐작ᄒᆞ고시닌물을ᄒᆞ

조촛슈리ᄒᆞᆼᄒᆞᆯ드리ᄆᆞ니산쳔이셜이인고되슈ᄇᆡᆨ신ᄆᆞ줄비ᄒᆞ

거날길동이고촌즁의드리ᄆᆞ니훈되ᄭᅪ노이분운ᄒᆞ더라원닌분

을비쳘ᄒᆞ고비반ᄋᆞᆫ조훈되ᄭᅪ노이분운ᄒᆞ더라원닌분

촌운젹줌이라이날맛춤장슈을졍ᄎᆞ려ᄒᆞ고ᄭᅪ노이분운

ᄒᆞᆼ더니길동이말을듯고닌럼의ᄒᆡ아리되닛쳐업ᄂᆞᆫ져

초로위션이이고되당ᄒᆞ엿ᄉᆞ니ᄂᆞᆫ날노ᄒᆞᆼ여픔ᄒᆞ날의지

시ᄎᆞᆫ시미로다몸을노ᄂᆡᆷ의붓쳐남아의직긔을펴리라

즁고좌즁의나ᄉᆞᄆᆞ셩명을둇ᄋᆞ여와ᄂᆞᆫ졍셩ᄒᆞ셩샹의

아ᄎᆞ로져ᄉᆞ롭을쥼이고망명도쥬ᄒᆞ야ᄉᆞ방의ᄎᆔ류ᄒᆞᆼ삽

더니오날ᄋᆞ하날니져시ᄎᆞᆼᄉᆔ션이ᄀᆞ되일ᄅᆞ러시ᄂᆞᆫ녹님

이ᄋᆞ셩슐의ᄎᆞᆫ운여바양으로픔논달ᄂᆞᆫᄒᆞᆼ터니불의예체인

업ᄂᆞᆫ죵긔아ᄒᆡ의드라와ᄌᆞ졍ᄒᆞᆼᄆᆞ겨ᄒᆞᆫ도라보머ᄉᆔ지거왈

놈녀의급피낙당의드러구지소을부진계다츙니부숑의드

경슝여쟝곳길쳔을블너길동을츠즈되죵시거쳐을아지못

츙눈지라당금을쳥츙여슈말을알외며쳥을쳥츙니당금이

밤의길동이집을떠나노라흐고흐쟉을고흐긔로므든일

인지모랏더니원닝의일이잇스물엇지아리요츙시꼬라날올

뒤쳐왈네압순의괴히흔말을것아니긔로우지겨을의쳐

고그딕예말을나시닛거맛나흐여거날비룡시마음을고

지아니흐고그닉의잇셔이렷틋셔변을것으니쳠을의논친

딕츔긔을몃치못흐리라엇지니안젼의두고보리요흐셔

노복을불너두쥬검을남이모로게쳐우고마음들고즐

몰나좌블안셕흐시더라의쳑의길동의집을떠난노방

으로규류흐더니일?은흐고딕일르니만쳡산쟝이하날

의다흐든듯흐고초목이무셩흐여동셩을분별치못흐눈

금의뒷빗츤계양이되묘신?쏘츙업순이진되유곡어

낭의작변호, 덕일을콩두지미호여낫ᄎ쳐셜화호니그어미
그변괴을조셰히드른후의길동을말솜치못홀ᄅᆔ치못활고인호
여탄식왈네이졔나ᄀ잠잔촵을피공고어미낫츨보와슈하도
라와날노호여품실망호ᄂᆞᆫ병이업게ᄒᆞ라ᄒᆞ며못ᄂᆡ셜워ᄒᆞ니
길동임무슈히위로호며먼눈물을ᄀ거두워ᄒᆞᆨ촉ᄒᆞ고문ᄇᆞᆺ긔나셔
니광둑호훈쳔지간의ᄒᆞᆫ몸이용납홀곳지업ᄂᆞᆫ지라탄식ᄒᆞ로호졍
쳐업셔ᄂᆞ라이젹의부신이조긲을길동의게보ᄂᆡᆫ줄을알ᄋᆞᆸ
고밤이맛도록좀을이뤼지못ᄒᆞ고무슈히탄식호ᄉᆞ니쟝ᄎᆞ
현이위로활소좃도시러곰마지못호온일이오니젼ᄌᆔᆨ온ᄒᆞ
라도엿ᄌᆞ온이업ᄉᆞ오릿ᄀᆞ졔어미으로더옥이후딕ᄒᆞᆫ여일셩을
편게옵고졔의ᄉᆞᆫ슬이여쳔훈마음을올만분짐일이
나덜을ᄆᆞ죵ᄂᆞ이ᄃᆞᆼᄒᆞᆫ고밤을지닌더니ᄐᆞᆺ날평명의조낭이
별당의날이박도록소식업ᄉᆞ물ᄑᆞ이녀거ᄉᆞ롬을보니여탐
지ᄒᆞ니길동ᄃᆞᆨ덕닙고목ᄉᆞ업ᄂᆞᆫ쥭열두리방ᄌᆞᆼ의ᄉᆡᆺ구러겨
날ᄯᅩ셰허이나ᄃᆞᆸ와반상녀라초낭이ᄉᆞ말을듯고크게

다디람이해아리되길동은범쥬아니라말유능야모듯지
니홀줄짐작호시고 ㅁ로딕네이쳬집을떠는뎌어딕로갈다
길동이부뇌쥬왈목숨을토망호와쳔걸로집을좀고나
오니엇지졍쳐잇소리ㄱ마는평싱엔훈이흠의맛쳘
흘날이업소니더옥게쳘위호나이다 호거날딕감이
위로왈오날노붓터원을푸러쥬눈거시니네 ㄴㅅ방의
쥬활지라도부딕졉을지혀부형으게환을쇠치지말고슈히
도라와닉의맘을위로ᄒ라여러말아니호니부딕졉염호여
라호시니길동이ᄋ러다시졀호고쥬왈부친이오날ᄉ졈본
소원을푸러쥬시니쳬죽어도한이업소ᄇ지라황공무지호
니보망아반임은만쳬무강호소셔호 머인호 여하직을고호
고나와바로그모친침실의르러ᄆ어미를틴호여ᄆ로딕소
이쳬목숨을도망호여집을떠느오니모친은불효졍융셥각
지마르ᄉ고계시오면소조도라와빅올날이잇소니달닉염네
마옵시고ᄉᄆ조심호와쳔금귀쳬을보죵호옵소셔호고초

또토약쥬을 넘어 지살 녀두리 육 스스름을 징계 등리라 호
꼬갈을 드르러 머리를 버혀 특주의 쥬검훈 틴더 지꼬 분훈마
음을 것 졍지 못승 야바로 딕 관젼의 나악 이변 핑을 와 뢰꼬
초낭을 버히러 호는 마초 련셩 각왈 영인 부아 뷔 경 무아 부
인이라 호꼬 쏘닛 일 시분으로 엇지 일뿐을 쏘 으리요 즁이 바
로 닥 감침 소의 나오 졍라의 업 디 엿더니 잇셔닥 감의 잡을
셔연 문밧 거인 쳭 잇 스물 피의 녀겨 창을 열꼬 보시니 길동
의 경하의 업 더여 걸 분분 왈의 졔밤이 무집 펏 걸너 벳 엇
지 조지안 호꼬부 숨년 묘로 호노다 길동의 쳬읍 틴 왈
마 님에 냥춘 변이 잇 와 모 숨을 도망 승 여 나 마오 니 덕
쳔의 츙직 호로 와 호 다 덕 감 이 놀 너 엿 신 넉 의 상 낭 춫
감 쳔의 츙직 호로 와 호 다 덕 감 이 놀 너 엿 신 넉 의 상 낭 춫
시 되 피 련 무 숨 꾸 결 의 잇 도 다 즁 시 꼬 마 로 딕 무 숨 일 왁 지
날 이 시 먼 아 련 이 와 급 피 도 라 즛 꼬 분 부 을 긋 다 리 랑 롱
시 니 길 동 이 보 지 규 왈 소 인 이 쳬 로 집 을 뼈 나 갓 오 니 덕 감
쳬 후 만 보 그 숩 소 셔 소 인 이 다 시 뵈 올 그 약 의 망 연 즁 오 의

들고굿즁의셔위여왈필분노드르라네짐물을탐ᄒᆞ여두

죄즁인명을살히고겨ᄒᆞ나이제너을살녀두멘일후의

무죄혼스롬이ᄒᆞ다이상얼지라살녀두리오혼딕

특ᄌᆞ쉬쳥왈파연소인의죄아니오굿졋되초낭ᄌᆞ의소위오

니바린옵건딕ᄒᆞ련혼신명을구게ᄒᆞ옵셔일후의기과

ᄒᆞ계ᄒᆞ옵소셔길동이더옥납분을이긔지못ᄒᆞ야왈녜약

판이하날의ᄉᆞ못ᄎᆞ오날ᄂᆞ넛소을비러악공유을업시게

ᄒᆞ마랴ᄒᆞ꼬언판의특그스의목을쳐바리고신정을로ᄒᆞ령ᄒᆞ

역동딕문밧긔상녀을죠보드수젼ᄒᆞ여왈네오망혼념ᄒᆞ

로졍상ᄃᆞ의쥴입ᄒᆞ며인명을상힌ᄒᆞᄂᆞ네졀을네안ᄃᆞ

관상녀젹집의셔굿오다ᄃᆞ풍운의ᄊᆞ이여혼탕ᄃᆞ이야모

딕로ᄆᆞ노출모로더니문득김동의우짓눈소릐을듯고쉬

결왈아ᄂᆞ다소녀와쳐ᄀᆞ아니오라초낭ᄌᆞ의ᄀᆞ르치미오니

바린젼딕인후죤신마을의죄을판셔ᄒᆞ옵소셔ᄒᆞ거날걸

동이가로딕초낭ᄌᆞᄂᆞ뉘의ᄉᆞ모라의논치못ᄒᆞ련이와너의

236

구은정의욕심이몸을싱각지못ᄒᆞ야이시혼ᄌᆞ몸을날

여ᄫᅡᆼ즁의드러ᄆᆞ니길동은간듸업고일진광풍이ᄅᆞ나며

셩벽녁이쳔지젼동ᄒᆞ며운무ᄌᆞᆼ슈ᄒᆞᆼᄒᆡ여동셩을ᄇᆞᆫ별치못ᄒᆞ

ᄒᆞ며ᄌᆞᆼ우을살펴보니쳔봉만ᄒᆞᆨ이ᄌᆞᆼ쳡ᄒᆞᆼ고듸힘창

일ᄒᆞ야졍신을ᄉᆞ십졍못ᄒᆞᆼ눈거라드긋ᄂᆞ럼의ᄒᆡ아리되

ᄂᆞᆫ갓분명방졍의드러와거든산은어인산이며물은어인

물인고ᄒᆞ야갈바을아지못ᄒᆞᆼ더니문득옥졋소릳ᄅᆞ려거날

살펴보니쳥의동ᄌᆞ화항을타고ᄭᅩᆼ즁의다니며붑녀왈너

노엇뎐ᄉᆞ롬이ᄭᅪ듸의집푼방의비ᄉᆞ을들고뉘를쳐쵸

겨ᄌᆞᆼ눈다특ᄶᅥᆺ듸완비분명길동이로다나눈녀희부형의

명영을바다너를취ᄌᆞ려왓노라ᄒᆞᆼᄭᅩᄇᆡᄉᆞ걸을드ᄅᆞ터지니

문득길동은간듸업고음풍의ᄃᆞᆨ작ᄒᆞᆼ벽녁이젼동ᄒᆞ며

즙쳔의살긔쁜이로다ᄌᆞᆼ셤의듸겁ᄒᆞ여갈을ᄎᆞ즈며왈

ᄂᆞ남의져물을욕심ᄒᆞᆼ다ᄭᆞ스지예쌘졋쓰니슈원슈구ᄒᆞ

리요ᄒᆞ며ᄀᆞ리단셕ᄒᆞᆼ더니문득이윽고길동이비ᄉᆞ을

부려신츈귀몰 지술을 동달흥 니셰상의두려온거시언더
라이날밧슴경이된쥬의쟝츠셔 안흘톰이치고취쳡흥려
흥더니믄득창밧긔셔 마귀셰번 소프셕으로나라 겨갈마
옴의놀닉힝흑츙니 갓 밧긔셰번 괵굿와 꼿 츙 모셕으로
나라가나 분병좃긔이오 는지라 힛 덧스롬 이날을 힝코셔
츙눈고암겨 방신지게을 츙라 흥 묘방츙의 팔 진을치고
각 방위를 밧고와남방의 이 허즁순북방의 감즁연의옴
긔고동밧잔하연은 셔방 틱상졀 잌옴괴건방의 간슴
은소방손하졀의옴 긔고곤방의 곤슴결은 감방의관상연옐
잌옴겨구 온뒤풍운을 녀허조와무궁케버리고 셩을 긔
다리나려쳑의튼 굿비샹을들끄길동거쳐슝눈병당의
무몸을슴긔고 그졈들괴슬 겨다리더니 낫뒤업슨 구 마귀
창밧긔와울고 거날 맘음의크게의심흥 여왈의김셩아 무
손알믜잇셔 쳔걸을 누설흥 뇨꼬길동우실노범병흥숏 굼
이아바로다 피런다 일의크게쏘라 흥꼬도라 꼬겨흥다

거니와인졍쳔리의츳마홀빈양라ᄒᆞ시니초낭이다서여
죠오딕ᄋᆞ일의여러ᄃᆞ지관겨ᇰ오니ᄒᆞᆫ국ᄆᆞᆯ위홈미
요두른은딕감의환후을위ᄒᆞ, 미오셰손홍씨일문을위
ᄒᆞ미요니엇지겨견ᄉᆞ졍으로슈가부단ᄒᆞ와여러ᄃᆞ집큰일
을셩각지아니ᄒᆞ시ᄃᆞᆨ후최막곱이되오면엇지ᄒᆞ오릿ᄃᆞ
ᄒᆞ며만단으로부신과ᄃᆡᆨ감의장조을닫ᄂᆞ니마지못ᄒᆞ여
허락ᄒᆞ시거날초낭이암희ᄒᆞ야나와투조라ᄒᆞᆫ눈ᄌᆞᆨ힘을
쳥ᄒᆞ여슈맘을다졋ᄒᆞ고은조을만이규위오날밤의길
동을희ᄒᆞ,라약쇽을쳥ᄒᆞ오다시닝당의드러ᄆᆞ부안쳔
의슈말을엿ᄌᆞ오니부인이드로시고발을구르시며못닉
쳣셕ᄒᆞ시더라의겨의길동은나희삽일셰라ᄀᆞ곸의쟝딕
ᄒᆞᆷ고융민이결ᄂᆞ뿐ᄒᆞ며을무늘통거ᄒᆞ,ᄂᆞ뒵감
분부의밧긔ᄎᆞᆸ입을막ᄋᆞ시민죨노별당의쳐ᄒᆞ여쏜오
의병셩을통니ᄒᆞ여귀신도ᄎᆞᆼ치못ᄒᆞ눈ᄉᆞᆯ법이며쳔지
조화을ᄯᅳ어ᄑᆞᆼ슌으람임의로부리더욱졍슉밥의안ᄒᆞᆯ

긴동의관상녀의말솜이치왕긔잇셔만일범남ᄒᆞᆫ일이잇ᄉ
오면ᄀᆞ화장ᄎᆞᄂᆞᆫ냥치ᄆᆞᆯᄒᆞᆯ지라어린소견은젼군쳠의를셩
과지말으시끄군일을셩각ᄒᆞᆼᄉᆞ와져를머리업ᄉᆞᆷᄆᆞᆫ갓지못
호도흥ᄂᆞᆫ이다딕감이딕쳔왈이말을경솔어ᄒᆞᆯ빈아니열날
네엇지입을직키치못ᄒᆞᆫᄂᆞ뇨도션닉집ᄆᆞ음을비알빗ᄉᆞ나어
라ᄒᆞ시니초낭이황공ᄒᆞ여다시말ᄎᆞᆷ을못ᄒᆞ고닝당의드러ᄆᆞ
부인과딕감의장ᄎᆞᆺ을딕ᄒᆞ야엿ᄌᆞ오되딕감이판샹녀의말
솜을드르신ᄌᆞ국소사렴의션쳐실도리업ᄉᆞ와참식이불
ᄊᆞᆼ시터니일렴의병환이되셔그로소인의일젼의엿ᄎᆞ
ᄒᆞᆫ맛솜을안외온즉ᄉᆞ종이낫삽긔로다시엿ᄌᆞᆸ못ᄒᆞ여
거니와소인이딕감의ᄆᆞ음을취퇴ᄒᆞ온즉딕감계웁셔도
쳐를미리업셰고져ᄒᆞ시되ᄒᆞ마거쳐치못ᄒᆞᆼ오니머련ᄒᆞᆫ
소견으로노션쳐ᄒᆞᆫ모쳐이길동을모든져업신후의딕감쉬
아로즉이위ᄒᆞ려쥰일이라딕감계ᄒᆞᆸ셔도엇거잘쳘슈업ᄉᆞ와마
솜을아조이즐ᄆᆞ옵ᄂᆞᆫ이다부인이빈쥭왈일은그러ᄒᆞ

소리도 길흐뎌 잇고 충효 연의 셔시니 무슨 여러 말 여 잇난요

샹법 보이눈 뒤로 긔 이 말 나 총 이니 판샹 녀 마지 못 총 역 갈 둥 치

운 효 구의 구득 키 알 외되 곳 조의 뉘 두 수 노 여러 말 솝 발 일 옵 고 셩

주 군 왕 지 샹 이 옥 픽 즉 충 양 치 못 흠 찬 이 엇 노 아 다 효 딕 감

이 코 게 놀 뉘 여 옥 기 진 졍 훈 효 의 샹 녈 를 후 이 샹 급 총 시 고 마

로 딕 이 딕 말 흘 숨 구 발 구 치 말 나 엠 인 분 부 총 시 고 왈 졔

늘 드 락 추 립 지 못 총 게 총 리 라 총 시 니 샹 녀 왈 왕 후 쟝 샹 이

엇 지 씨 잇 스 릿 딕 감 인 누 당 부 총 셔 니 판 샹 녀 공 간 명 총

고 가 니 라 딕 감 이 발 흘 드 로 션 효 로 뉘 렴 의 크 게 군 셤 충 것 일

염 의 셩 과 충 시 되 이 놈 이 본 리 범 샹 훈 놈 아 아 니 오 쇼 효 쳔

셩 되 물 조 토 충 여 만 일 범 남 효 마 음 을 머 그 면 느 뒤 갈 충 보

국 충 덕 일 이 쏠 딕 업 고 딕 화 일 뮤 의 밋 츠 리 니 밀 의 것 을 업

셰 여 마 화 흘 덜 고 겨 충 인 졍 의 첫 마 못 흘 빌 라 셩 과 이 려

훈 주 셜 쳐 홀 도 리 업 셜 일 념 이 뼝 이 되 여 식 불 감 침 불 안

총 시 눈 지 라 초 낭 이 긔 셕 으 로 쓴 쥬 의 순 쟝 충 여 엿 쪼 오 딕

흥라흥시니 판상 녀 궁 흥 고 당 의 올 나 문 쳥 넉 감 의 샹 을 올 펴

후 의 이 왕 지 소 을 역々 히 일 와 며 낫 두 소 을 보 됴 다 시 논 단 흥 나

호 발 도 딕 감 의 마 음 의 위 원 호 마 므 업 눈 거 라 딕 감 이 크 게 흥 찬

흥 시 고 연 흥 여 안 흥 소 곤 의 샹 을 연 논 할 셔 낫々 친 본 다 시 편 논

흥 샤 흥 말 도 쳐 망 흥 꼬 시 업 눈 지 라 딕 감 과 부 인 이 며 좌 중 체 인

이 딕 흑 공 야 신 인 아 라 일 쿳 더 라 슛 틱 로 길 동 의 샹 을 의 논 혼

시 코 겐 흥 찬 왈 소 녀 셜 읍 읷 슈 굴 즁 머 쳔 만 쉿 을 보 와 시 되

꿈々 의 샹 갓 튼 인 쳐 음 이 연 이 와 아 지 못 게 라 부 인 의 귀 골 이

아 니 구 흥 노 이 다 딕 감 이 소 긔 지 못 흥 여 왈 곤 논 그 러 흥 거 니 와

단 흥 라 흥 나 샹 네 이 우 기 보 다 거 줏 놀 넌 쳬 흥 거 날 펴 히

녀 그 연 고 을 므 르 신 딕 참 구 흥 말 이 업 거 날 딕 감 이々

로 딕 길 흥 을 흑 발 도 긔 이 지 말 고 보 이 눈 딕 로 의 논 흥 여 녀

의々 흑 이 업 게 흥 라 판 샹 녀 로 딕 의 말 숨 을 바 로 알 외 오 면

딕 감 의 마 음 을 놀 넙 흔 는 어 다 딕 감 왈 옛 졔 판 분 양 곳 퇴

충고디감졀의쳔거ᄒᆞ여ᄌᆞ흥졈후ᄉᆞ을본다시이 른후의
인ᄒᆞᆼ여길동의샹을보고어츠ᆞᆨ 일알외여디감의마음을
놀나며낭ᄌᆞ의소회를일노조ᄎᆞ일울ᄆᆞᆫᄉᆞ이다조낭이
디희ᄒᆞ약젹시판샹티의게둉ᄒᆞ여졀믈노뼈다리끄ᄃᆡ감덕
일을낫ᄎᆡᄌᆞ르치고길동쟤거론약소을셩혼ᄒᆞ여날을
ᄀᆞ약ᄒᆞ고보닛니라일ᄅᆞ은딕감의낭의드려ᄀᆞ길동을불
은ᄒᆞ우의부인을딕ᄒᆞ야ᄆᆞ로딕ᄆᆞ아히비록영슝의긔샹이
잇스나엇다쓰랴요슝시며히룡ᄒᆞ시더니믄득효녀ᄌᆞ밧긔
로붓터드러와당하의뫼거날딕감이괴히녀겨그연고을
믈르신딕그녀ᄌᆞ복지ᄌᆞ왈소녀난둉딕문밧긔ᄉᆞ옵더니
려셔효도인을만ᄂᆞᆨᄉᆞ름의샹보는법을빈은반두로다니며
관샹ᄎᆞ로맛효장안을편남ᄎᆞᆼ옵ᄭᅩ디과덕만복을놉피
듯고쳔호져군을시험코져왓ᄂᆞ니다딕감이엇짐으필로은
무녀을딕ᄒᆞ여문답이잇스리요마눈길동을쳘룡ᄒᆞ시던ᄯᅳᆺ
치고로우ᄉᆞ시며왈네암건ᄀᆞᄆᆞ히올ᄉᆞ니ᄋᆡ평셩을ᄒᆞ는ᄯᅳᆺ

션모눈인후ᄒᆞ 슈룸이라 엇지그런 일이잇스리오길동왈 새

상소을흐양치못ᄒᆞᄂᆞᆫ 의다소ᄌᆞ의말을 혓도히셩각지마

르시고잔닝을보소ᄌᆞᄒᆞᆫ더라왼낡산모ᄂᆞᆫ곡ᄊᆞ긱셩으

로뒤관의총쳡이되여ᄂᆞᆫ시방ᄭᅩᆺᄒᆞ걱로노복다라도블ᄒᆞᆸᄒᆞᆫ

일이잇스며훈번참소의소션의판빙ᄒᆞ여스룸이못되며걱

거ᄒᆞ고슝ᄒᆞ면셔긔ᄒᆞ더니다관이용몽을엇고길동을나ᄒᆞᄆᆡ

스룸마다얼갈곰딕관이ᄉᆞ랑ᄒᆞ시민일후춍을ᅌᅡ일ᄆᆞ춍

며소ᄒᆞᆫ뒤감이ᄋᆞ다감ᄒᆞ롬ᄒᆞ신말솜이너도길동갓ᄒᆞᆯᄌᆞ쥭

식을나허닉의모넌ᄌᆞ밀노도ᄋᆞ라ᄒᆞ시민ᄆᆞ장무르강여ᄐᆞ

눈즁의길동의일홈믜날노즁문도초낭더옥크게셔여ᄒᆞ

거ᄒᆞᆼ역길동모ᄌᆞ을눈의ᄭᅴ셔ᄆᆡ위ᄒᆞ여쳔할마음이

급ᄒᆞ미흉계을ᄌᆞᆺ어닉여젹물을흣터요피도손무녀등

을블너모의말ᄭᆞ즁고츅일왕닉ᄒᆞ더ᄒᆞᆫ무녀ᄅᆞ도딘동

딍문밧긱곽산ᄎᆞᆫ눈게집이잇스되스룸의상을ᄒᆞᆫ번보쇼

면평셩길흉화복을ᄑᆞᆫ단ᄒᆞ오니이졔쳥ᄒᆞ여약속을졍

부엇지구를히근본을젹희여후취을투리요이몸미당희
조션국병조판셔인슈을더고샹쟝군의되지못츌진딕즁다
리몸을산즁의붓쳐셰샹영옥을모로고져츙손니보궁모쳔
은졋식의소졍은술팟시아조바린다시잇고계시며후일의소
조도라와오조지졍을일위랄잇소니이만집쟉츙옵소쳐
흥고연파의소긔도즁연도도쳐비최업거날그모이거동을
보고지유츙여왕쳔샹간쳔셩이니쑨아니라무순마음을드른지
모로되어미의잣쟝을이딘지샹케츙눈다어미의낫츨보와아
직잇스면넌두의딕감이쳐걸능신눈분부업지아니즁라라길
동의구로듸부형의쳔듸눈고스즁옵고노복이미동유의잇다
감들인눈말의골슈의박긴난일이쳐다츙오며근간의곡산
모의힝셕을보오니승긔즁을업지즁야파살업눈우리모
죠슬구슈가갓치보와살ᄒ할쓰술두오니불구의목진덕
환이잇슬지라그러즁소노소곳나군후의라도모친의게환이
잇지아니ᅰᅙ소리다그어미로도듸ᄂᆡᆷ말의장그러ᄒ눈곡

알소인이닷감의쳐깃을타당소 호남조로낫소니이만걸기

효일이업소오딕평셜의깅옵 난아부를아부라불르지못즁

숍고형을쳥아라 못 강와상하노보이다쳔이보고칩쳑구구

도손으로깔로 쳔아모의쳔셩이라일오니어린원통호일

이어딕잇소오릿 쑤인즁여딩졍통꼭즁니딩간의마음의궁즉

이녜거신 맛일그양물을위로호며덴일노조즈방조홀즁

야쑥지쳐왈지샹의쳔셩의닌쑨 아니라쟝방조훈망을

두지말나일후의다시그려말을번거이효눈일이잇스먼눈

압푸룡납지못춘라라 ㅎ싀기길동은한갓눈물을흘이쑨

이라인흑키업닉엿던딘딩람임물넉쭈라츅식거날길동이

도라와어미을붓들고통곡왈 모쳔은조조와젼셩연쑈

로츙셩의모즈되오니 구러진은으셩곡즁오먼호쳔망극

즁오나남이셰샹의나셔입신양명즁와우희로향화을밧

들고부모의약휴꼭지운을만분의일흔나희라도갑푸거시엇날

이몸은팔즈바박츅여쳔셩이되여남의쳔딕을바드니더장

246

민스스로쳔샹 뒬몰 즛탓츠더니 츄철원 망일의 명원을딕
흥야겅하의비최충 더니 츄풍은산ㅅ초고 거러고 우난소릭
은스롬의외로온심스을돕눈지라 홀노탄식츠여왈딕장
부체샹의낙막꿍밍의로학을변화츌장입샹츠여딕쟝인
슝을요하의츠꾸딕쟝단의노파안즌쳔병만마을잠왓츙의
너허두꼰남으로초를치고북으로쟝검을텅흥며셔ㅇ으로
총을쳐소업으로인윤후의언곳을긔란과의빗넘고일홈
을후세예유젼츠며딕쟝부의ㄴ훈일이라셋스롬의ㅅ르
긔글왕후쟝샹이씨업 당ㅎ엿시니낱으로두고일ㄹ만ㄷ세샹
스롬의갇관박이라도부형을부형이라ㅎ고 또난눈촐노그
러치못츠니이언언ㅅ셩으로긔훈모음을걷ㄱ
지못츙야샹은잡고원차의흥을츄며쟝츠긔윤ㅎ기짓못
흥더니이젼ㅅ샹이명원을ㅅ랑츠야창을열고비겻더니
길동의거동을보시고놀너ㅅ로되ㄱ반이이무겁퍼거놀네무
손넘걸ㅇ오미잇셔이려흥ㄴ냐길동이갈을더지ㄱ고부복ㅎ딕

텸즁믄밧긔나저아니초교형실을닥그니그단봇텸틱긔의

셕삽싱이당즁미치쳐싱는방의오셕운무영농즁년형낙긔되

흥더니천믠즁의희툰즁니일긔긔남즈리슴일즁의승샹이

드러와보시니일벅긔오나그천셩됨을앗긔시더라일쯤

말을드르면얼말을알고효번보며모로거시엄더라일

을길둥이라호니라아의졈즛라민긔골의비샹흥연혼

은승샹이길둥을다리고당의드러금부인을뵈옴야탄식

왈이아히비로옥영즁이오나쳔셩이람무엇싀쏘리욯통활소

오니승샹이양민을빈즈즁최맛긔일로소이다부인이그연고믈뭇즛

시딘들이아히부인복즁의낫슬다엇지쳔셩이되리요인

흥여못슷얼셜눈화흥시니부인이쥬연와초역쳔슈오니엇

지일럼스로흥오리긔쉐윈이여긋즁야길둥의나히팔쉐샹

하다아니츙찬흥리업곰딘도소랑흥시나길둥은갑의

원한인부친을부친이라못흥고형을형이라불

치고머리을드리고함죽니산학이문허지난듯흐더니그승

이을버리고 기운을토흐여승상의입으로드러뵈건셔

다르니평셩딩몽의라닛념의혀아라되파런군조을나희라라

흥억즉시니부인이졍셕왈승상은국지졍상이라 췌위존죽죽

시거날백죄의쳥실의드러와노르장좌 갓치흥시니졍상의

체먼이이딕잇난잇 궁상이셩각흥신직맛슴은당연흐오

나딩몽을 허송할가흐 야몽소을일르지아니흐지고연흐

여간쳥흥시니부인이옷슬 떤치고밧그로나가시니승상이

무릇상 산중의부익의도 효고집을위탈고나무 슈치흐쵸타

좌우 고흐흐믈인흐여춘셤을 잇글고원앙지낙을일의

시니 거울화을더르시나심 닉의못닉한탄흐시더라 춘

셤이비록쳡안이나 씩덕이순젹흐오니진라불의예승상의위염

그로 닐근흐시니 간이의령치못흐여 순죵 춘추로난그날붓

됴션국셰됴대왕즉위십오연의홍희문밧긔좌상이잇스
되셩은홍이오명은문이니위인이쳥념강직호여덩망이걸특
호니당체의영웅이라일즉용문의골나벼살이할님의쳐호

엿더니명망이묘졍의읏듬되미쳔하그덩망을승이녀갓
벼살을톳과이조판셔로참의졍을호시니승상이국을을
감동호야갈충보국호니샷방의일이업고도젹이업스미시
좌연풍츙여나라이티평호타일즈은승상난간의비거쟝군
조의더니호풍의길을인도호여혼꼬되다르니쳥산은암
압흐고녹수난양즈춘듸셰류쳔만マ진녹음의파샹호고황
금갓튼꾀꼬리난츈흥을희롱호여낭누쟈의왕뇌호며과좌
금갓토쾌쇠라난춘흥을최롱호여낭누쟈의왕뇌호며과좌
요초만발흐듸쳥학박학이며비취공쟉이츈광을조랑호
거날승샹이경물을귀경호며젼즈드러가니과쟝졀벽운화

날의다엿고구빗즈벽계슈난꼴즈이폭포되어오운이어러
엿난듸길이산쳐갈방로모로더니문득쳥용이물결을헤

세계문학전집 **200**

홍길동전

1판 1쇄 펴냄 2009년 1월 15일
1판 29쇄 펴냄 2024년 3월 20일

지은이 허균
옮긴이 김탁환
발행인 박근섭, 박상준
펴낸곳 (주)민음사

출판등록 1966. 5. 19. (제 16-490호)
서울특별시 강남구 도산대로1길 62(신사동) 강남출판문화센터 5층 (우편번호 06027)
대표전화 02-515-2000 팩시밀리 02-515-2007
www.minumsa.com

© 김탁환, 2009. Printed in Seoul, Korea

ISBN 978-89-374-6200-9 04800
ISBN 978-89-374-6000-5 (세트)

세계문학전집 목록

세계문학전집은 계속 간행됩니다.